西遊記

目川文化

目錄

的是，作者創造出一個半真半虛、險象環生的奇幻世界，故事中充滿了神奇莫測的法術、神怪、精靈、尋寶（西域取經），根本就是現代奇幻小說的祖師爺！

《西遊記》是中國古典四大名著之一，作品深具文學價值、蘊含人生議題。最難得

故事中的主角，孫悟空本領高強，他的筋斗雲，一筋斗可走十萬八千里、在煉丹爐練就的火眼金睛，可以一眼識別妖怪，最有趣的莫過於七十二變了，念個咒語，他就能變身成老鷹、蟲子，飛上天或鑽門縫，暢行無阻。一路上，他遇到的對手個個神通廣大，有口吐三昧真火的紅孩兒，有呼風喚雨的虎力大仙等。每次看見他和對手們鬥法、鬥勇的場景，都不輸在看電影《哈利波特》、《復仇者聯盟》、《變形金剛》……一樣精彩。

剛從石頭蹦出來的孫悟空，就好比是一個剛出生的孩子，未經世事的打磨；拜師學藝後的他變得心高氣傲，仗著自己的本領高強處處惹是生非，最後被如來壓在五行山下。取經過程中的他，頭上戴著緊箍咒，約束了他任性的行為，因此變得比較盡忠職守，雖然屢次面對唐僧的誤解，仍然一路保護唐僧完成任務。最後，完成任務，上天成佛，頭上的緊箍也隨即消失，表示他不再需要這些外在東西的約束，也能管好自己的行為了。

此外，在日常生活中，我們經常會面對形形色色的人。以故事中的唐僧師徒四人為例，大家的背景大不相同、經歷也不同，一群看起來毫無關係的人，走在一起的時候，雖然會為一些事情起爭執，也可能把一些很重要的事情搞砸，但是在最重要的時刻，大家還是信任彼此、團結一心，最後成功克服困難。因此，不同的人聚在一起，只要能夠發揮出自己的力量和長處，彼此截長補短，相互合作，往往能夠創造出許多成功的事蹟。

翻開這本《西遊記》，最特別的是，小讀者們將有機會讀到一些描繪生動、又不失文藝氣息的韻文。例如：

身穿金甲亮堂堂，頭戴金冠光映映。
手舉金箍棒一根，足踏雲鞋皆相稱。
一雙怪眼似明星，兩耳過肩查又硬。
挺挺身才變化多，聲音響喨如鐘磬。
尖嘴諮牙弼馬溫，心高要做齊天聖。

這段韻文中，第一行可以清楚看到孫悟空的形象是身穿金甲，全身閃閃發亮。第二、三、四行寫出的是孫悟空的看家法寶——金箍棒、筋斗雲、火眼金睛和七十二般變化。最後一行，表述了他桀驁不遜的個性。通過作者的簡潔有力的詩詞描述，仿佛一個真的孫悟空活靈活現的出現在面前。

《西遊記》雖然充滿虛幻色彩，唐僧師徒互動的情形，卻是一般生活中也常發生的事情，所以很能觸發大家的共鳴。希望小朋友們，能夠翻開這本精采好看的經典名著，一起進入這個奇幻的神話世界，並用心探索書中許多做人處事的道理，善用在自己的生活中。

☆【推薦序】

林偉信（台灣兒童閱讀學會顧問、誠品文化藝術基金會「深耕計畫」顧問）

陪伴孩子在奇幻的世界裡，培養想像力，思考人生課題

法國哲學家巴斯卡曾經這樣形容人，他說：「人是一枝會思想的蘆葦。」這話點出了人類和萬物最大的區別，因為人似蘆葦，所以何其脆弱，但也因為人可以藉由思想，遨遊過往，想像未來，上下時空五千年，所以看似脆弱的人類，卻又是何等的堅強與壯闊。

奇幻文學正是人類思想極致的一種表現，透過想像，創造出一個個跳脫時空框架的新奇世界，將現實中的不可能化為可能，讓閱讀者擺脫有限形體的束縛，悠遊在不同的時空裡，享受現實人生中所無法經歷的奇特趣味。

而除了引人入勝的趣味情節外，奇幻故事中所暗含的人生隱喻與生命智慧，也一如日本著名心理學家河合隼雄在《閱讀奇幻文學》書中所說的：「**傑出的奇幻作品，總是帶著某些課題前來挑戰讀者**。」而「當我們將幻想視為靈魂的展現時，就會開始覺得奇幻故事的作者，給了我們相當豐富的訊息。」因此，「**即便故事讀完了，心靈依然持續感動**。」

這套奇幻小說輯，正是選自不同文化背景下的各種玄奇異想，有大家耳熟能詳的英、美兒童文學經典，更有中國與阿拉伯的奇幻鉅著。它們都跳脫現實，發揮想像，書寫出各種殊異趣味的精采故事，並且透過故事傳遞出我們所可能面對的各種重要的人生課題。

因此，我們不僅能和孩子經由閱讀這些故事，享受奇幻的趣味，更能透過拆解奇幻背後的隱喻，對生命裡的一些重要課題——像是在《西遊記》中所呈現出的叛逆與反抗、在《小王子》與《柳林風聲》中所揭露的愛與友誼、在《小人國與大人國》中所刻劃的權力與人性、在《快樂王子》中所彰顯的分享與快樂、在《愛麗絲夢遊奇境》與《一千零一夜》中所描繪的真實與夢幻、在《叢林奇譚》中所強調的正義與堅持、在《彼得潘》中所凸顯的成長與追尋，以及在《杜立德醫生歷險記》中所提出的溝通與同理，能有更深刻的思考與理解。

藉由這些書，給早已在現實生活中習以為常、不再多做思想的自己一次機會吧！也給你的孩子一次機會，**陪伴他們在奇幻世界的共讀中，培養想像力，並且一起來思考人生中的一些重要課題**。

戴月芳（資深出版人暨兒童作家、國立空中大學／私立淡江大學助理教授）

孩子飛翔的力量很大

當孩子告訴你，他會飛，而且飛得很高很遠，你可能會笑一笑，不當一回事。但是，真的要告訴你，孩子確實飛得很高，很自在！

谷歌（Google）創辦人賴利．佩吉（Larry Page）有一天突發奇想，想要創造一個可以下載整個互聯網，而且查看不同頁面連結的搜尋引擎。在西元一九九六年，這想法可能是天方夜譚，但是賴利．佩吉有企圖心，最後確實創造了谷歌。他像孩子飛上了天，飛得很高，飛得很自在！

孩子的想像力不受束縛，很多時候，孩子也像賴利．佩吉一樣，有一些稀奇古怪的想法，當你覺得簡直不可思議的時候，請想一想，這很可能就是一個「創造未來」的機會。

「飛翔」是我們的想像延伸，一切可能發生或不可能發生，都可以藉由想像力的「飛翔」先做實驗。也因為如此，我們說「只有想不到，沒有做不到」。往後，當孩子告訴你，他會飛的時候，請告訴他，盡情去做吧！

【影響孩子一生的奇幻名著】系列，就是一套賦予孩子想像力的好書。十本想像力永恆不滅的經典文學，無論中西或虛幻，每一本都是在打開孩子浩瀚無限的視野，激發孩子的奔馳創意。當孩子穿越奇趣與另類的時空，踏進想像與創意的國度，你就能猜想孩子說有多高興就有多高興！

來吧！讓孩子閱讀奇幻名著，讓孩子的想像翅膀展翅高飛吧！讓孩子隨著他的好奇心，遊走另一個充滿自由的奇想世界，跟隨故事人物一起經歷成長與冒險。

張美蘭（小熊媽，親子天下專欄作家、書評、兒童文學工作者）

讓孩子讀經典，是重要而且必要的

近兩年，我常在校園與兩岸演講，有一個主要的主題，就是「讓孩子愛上閱讀的八大法則」，其中我認為很重要的第二條法則是：在孩子中低年級以前，幫孩子選書；高年級後開放讓他們自由選擇，但是每個月都該有指定讀物，並建議以經典兒童文學為主！

我在小學圖書館擔任過十年的志工，發現一個令人憂慮的現象：越來越少孩子讀兒童文學經典！當今兒童閱讀市場，充斥著一種簡化的速食文化，不論是科學或人文的題材，多半要被畫成「漫畫」，才能被孩子所接受。我曾問過孩子，為什麼只喜歡看漫畫呢？而得到的回答（尤其是男孩），多半是：「漫畫比較搞笑，我不喜歡太嚴肅的作品。」或「看圖畫比較快，文字太多的書，真的看不下去！」

這是一個很令人憂心的現象，因為這代表這一代孩子對文字理解能力（閱讀素養），將越來越弱。而**貧瘠的閱讀，將導致荒蕪的思想與空洞的寫作能力！**

文字閱讀，需要鍛鍊。從幼時看繪本（圖畫書）、到橋梁書、再進階到小說或科學書籍，不是一蹴可幾的。現代的孩子，常常在讀完繪本後，一腳踩空，掉到漫畫書的世界，沒有走上文字閱讀之橋，而是陷入我所說的「漫畫陷阱」裡，不可自拔。

更憂心的是，家長沒有意識到這狀況的嚴重性，還沾沾自喜地認為：我的孩子愛看書，就好！而沒注意到孩子無法邁向文字書的世界，更遑論兒童文學作品的世界。

我建議：每個家庭，都該有個基本書櫃，那就是你家的圖書館。館中，一定要收藏兒童文學名著！因為這些才是經得起時間考驗的、人類思想的精華。

所以，請讓孩子多讀讀經典吧！這將會影響他們一生的價值觀。

在這套【影響孩子一生的奇幻名著】中，有許多本都是我家孩子的指定讀物，更特別的，是編輯細心地加入了中國文學名著《西遊記》，這是我家孩子必讀的作品，孫悟空保護唐僧取經的故事，讓孩子的想像力更豐富，我鼓勵他們讀過各種版本的《西遊記》：由基礎到進階，由進階到原著小說，循序漸進提升了他們的文字閱讀能力！

本系列中，我也特別推薦《一千零一夜》、《愛麗絲夢遊奇境》、《小王子》、《快樂王子》這幾本書，這些故事多半並非寫實，而是充滿幻想的佳作！

《一千零一夜》是阿拉伯世界的傳奇經典，〈阿里巴巴與四十大盜〉就是其中一個故事，充滿了異國色彩與絢爛的魔幻。《愛麗絲夢遊奇境》在國外受到的重視超乎台灣孩子想像，閱讀此書可以了解許多衍伸的西方文化、典故、語言邏輯等！

《小王子》我覺得是寫給大人讀的童話，但孩子也可單純地閱讀，愛上純真帶點憂鬱的小王子。還有，我小時候看了王爾德的《快樂王子》，傷心不已！現在回顧，卻覺得這個故事是淒美動人的。

因為，經典代表的就是人性。在奇幻故事架構下，系列中《小人國與大人國》、《彼得潘》、《柳林風聲》、《叢林奇譚》，也都能讓孩子從經典中了解：世界上沒有所謂美好的大結局！**讓孩子從閱讀的幻想中，體會人生的趣味、與人性的缺憾，才是真正智慧的開始。**

林哲璋（兒童文學作家、大學兼任講師、臺東大學兒文所）

奇幻的奇妙

【致爸爸媽媽】

林文寶教授說：「童話反映一個天地萬物的社會，並由此發掘一切萬物的人性。」又說：「童話，就是使事實長上翅膀……它是可圈可點的胡說八道；也是入情入理的荒誕無稽。」當「事實」插上翅膀，可能讀起來胡說八道，可能看起來荒誕無稽；然而，閱讀奇幻的樂趣就在享受作者將故事「降落」得入情入理，使人拍案叫絕，大嘆可圈可點。

奇幻的邏輯不是現實的邏輯，而是作者自己建立的邏輯，是角色物性產生的合理，是一種妙不可言的雋永。經典奇幻不會是「作者說了就算」，而是連作者自己都得嚴格遵守自訂的因果關係、論證邏輯。

小讀者能透過奇幻作品裡人物情節的設定、伏筆結局的鋪排，一次次在腦海裡思維運作、理解因果。

虛構而且希望讀者信以為真的寫實作品是：「假似真來真亦假，無為有處有還無。」自己承認超現實卻關注現實的奇幻作品是：「假非真來真不假，無勝有處有藏無。」

畢竟，奇幻最大的基礎，除了理性，更有人性！

【給小朋友】

小朋友，閱讀奇幻作品好處多多，畢竟現實世界只有一個，而奇幻想像的世界卻是無窮無盡。奇幻世界裡有神奇的天馬行空，想像世界中的介紹要天衣無縫。奇幻想像國度的語言可以豐富現實世界的生活，例如小王子和狐狸，小王子和玫瑰，他們的故事和對話，都可以比喻、使用在人類的世界。

想一想，像著名的「七步成詩」，曹植若跟哥哥寫「骨肉相殘」的詩，害哥哥沒面子，恐怕小命不保；聰明的曹植躲到了奇幻的國度，使用了奇幻的語言，寫了一首「小豆子和豆萁哥哥」的童話詩，保住了珍貴的性命。

奇幻的國度裡有許多寶藏，等待小朋友來尋找、開創，歡迎小朋友搭乘文學的列車，來到奇幻的國度上，觀看地球世界的模樣。

彭菊仙（親子天下、udn 聯合文教專欄、統一「好鄰居基金會」駐站作家）

我的童年是一段沒有故事書的歲月，因為爸媽忙於生計，僅是讓我們四個孩子吃飽穿暖就已筋疲力竭，關於孩子的娛樂甚或心靈需要的滋養，爸媽是沒有餘力可以照顧的。我依稀記得家裡只有兩本不知從哪兒流傳來的故事書：《愛麗絲夢遊奇境》和《木偶奇遇記》，它們是我們對於童話的所有想像，兩本書原本就已破破爛爛，被我們四個姊妹反覆蹂躪，最後沒了封皮、零散分屍。為什麼呢？因為經典故事就是值得一看再看、百看不厭！

長大後，我才有機會一一彌補童年裡沒有緣分相遇的經典兒童文學，但是很遺憾的是，這些故事我多半已經耳熟能詳，還沒來得及細細咀嚼文字，大量的動畫已經綁架了我對於故事聲光畫面的想像，我很不希望我的孩子用這樣的方式來接觸經典名著。

雖然，這一代的孩子已然來到一個被豐富故事書包圍的優渥年代，然而，這世界卻仍然將經典兒童文學拋出腦後。因為當孩子深陷於迷亂挑逗的３Ｃ世界時，他們對於書本早不屑一顧，更遑論沉浸於閱讀經典名著的樂趣之中。

藉由這次目川文化規畫的系列經典兒童名著，我再次回歸到當年與兩本童話相遇的純淨想像世界中，我似乎又恢復了一個孩童本然應該具備的自由奔馳心靈，在故事裡盡情遨遊，甚至幻化為故事裡的主人翁，經歷驚險刺激的冒險歷程，並在過程中細細體悟人性裡的至真至誠與至善。

除了西方經典，這個系列也不忘囊括中國經典文學，歷久不衰的《西遊記》是每個年代孩子共同的閱讀回憶。或許這些故事孩子早已熟悉，但絕對要**鼓勵孩子親炙文字的版本，才能深刻領略其角色刻劃、情節走向、核心價值的絕妙傑出之處**。（其他推薦內容，請詳見各書收錄）

我很喜歡目川文化這次規劃的書目，國際多元，題材包羅萬象：有冒險、有想像、有科學與自然的題材、有淵遠流長的傳說，都是歷久彌新的必讀文學名著；在編排上，字體大小適當，章節分明，三年級以上的孩子可以毫不費力的自行閱讀。

我鼓勵爸媽引導孩子，一本接一本有系統的閱讀，不僅能提升孩子賞析文學的能力與視野，最主要的是，經典作品的主角人物都帶著強大熾烈的感染力，能毫不費力地博得孩子深度的認同，在潛移默化間，高潔的思想便深植於孩子的心底，行為氣度因此受到薰養而不凡。

陳郁如（華文奇幻暢銷作家）

世界經典名著之所以是經典，一定有它的原因，不僅僅是故事內容不拘一格、怪誕離奇，還常常有重大的涵義在裡面，讓人在不同的年齡層閱讀有不同的感受。這套【影響孩子一生的奇幻名著】收錄很多很經典、家喻戶曉的奇幻故事，很高興有這個機會可以來幫這個系列寫推薦，這次我再度閱讀，更能深刻體會故事想要表達的訴求。

奇幻文學一直是讓人深深著迷的，那是一種超越現實框架的幻想，讓人的想像力可以無限的延伸，但是同時，在故事裡，作者可以巧妙的寫出自己對現實世界的連結。可能是對現今政治的諷刺，可能是對人性的感觸，可能是對社會現狀的反射，可能是對幻想世界的延伸。很多經典永傳的奇幻故事，能夠歷久不衰，它們的內容鋪陳就是如此，不僅僅天馬行空，編撰幻想而已，背後還有更多的警世意義。小朋友有時間可以慢慢、細細的品味，讓想像力奔馳的同時，可以去想想看作者想要表達的是什麼。

這本《西遊記》是中華文化經典的奇幻小說，非常開心這個故事也被收錄了。作者把奇幻的想像力融入真實的歷史事件中，讓玄奘到西方取經的故事變得更生動活潑。除了豐富的法術，還有精彩的情結，我覺得裡面角色的設定非常有意思，大鬧天宮法力無邊的孫悟空，卻在西進中處處受制於一個普通僧人，讓人了解到：**蠻橫的力量不是最強的力量，而在一個團隊裡，各人性格或有不同，但是要彼此了解，互相配合，才能達到最終目標。**（其他推薦內容，詳見各書收錄）

張東君（外號「青蛙巫婆」、動物科普作家、金鼎獎得主）

注意。凡是青蛙巫婆說到「動物」的時候，一定不是只講貓狗。我也喜歡貓狗，貓狗是動物，但是動物絕對不是只有貓狗。因為很重要，所以要一再碎念。

《西遊記》裡動物可多了，主角孫悟空就是調皮的猴子，其他有牛魔王、蜘蛛精、虎山大仙等神怪，也都是動物精，和孫悟空打來鬥去，十分有趣。

希望大家也都能夠在這些書中找到自己的最愛，跟我一樣享受閱讀，以及和書中角色一起成長的樂趣。

張佩玲（南門國中國文老師、曾任國語日報編輯）

國中課文有美猴王，差不多這程度。是略讀課文，老師不詳解，因為是故事性較強的篇章。有些不懂的詞語，不影響閱讀。當國學入門教材，不錯。我很喜歡《西遊記》，很推！

沈雅琪（神老師&神媽咪、長樂國小二十年資深熱血教師）

接了高年級很多屆，我發現現在的孩子普遍閱讀量不足，書讀得不夠，相對文章就寫不出來，寫作技巧教再多都是枉然。

為了要改善孩子寫作困難的問題，我開始每天留至少半個小時到一個小時的時間，讓孩子從少年雜誌、橋梁書開始閱讀，這段時間得要完全靜下來專注的閱讀。

剛開始對於沒有閱讀習慣的孩子來說，這是一件痛苦的事，往往不到三分鐘就想要站起來換書，可是慢慢的習慣以後，我發現孩子專注的時間開始拉長，有些孩子閱讀課的時間看不完，會連下課時間都把課外書拿出來閱讀，偶爾還會來跟我討論書中的內容，跟我分享書中精采的片段。

孩子的閱讀培養是一條長遠的路，在3C科技發達的環境下要讓孩子們放下手上的手機，而去享受書中故事的趣味、去體會文章中詞彙的優美，是需要花很多時間和心思的。為孩子們選擇正向而有趣的書籍，讓他們對閱讀產生興趣，這是最值得的投資。

目川文化精選這套書，有幾本是我們耳熟能詳的世界名著，可是很多孩子完全沒有接觸過。收到書的初稿時，孩子們分配到的書讀完了，還意猶未盡的跟其他孩子交換閱讀，一本又一本接續的把十本書統統讀完。小孩的感受是最直接的，看他們對這套書愛不釋手，我就知道這是一套非常值得推薦的好書。

孩子從書中得到很多的樂趣和啟發，孩子看這些故事的角度，跟我有很大的不同。透過孩子筆下的敘述，我也重新回顧了一次這些故事，得出了另一番的感受。看到他們寫出從故事中獲得的領悟、看事情的角度，都讓我很欣喜。他們能夠用正向的角度去思考，正反映出我們給孩子的教育成功了。

以下就是班上小朋友針對本書所寫的一篇心得，其他則收錄在各書：

西遊記這本書，是大家眾所周知的奇幻故事，西遊記這個故事有好多不同的版本，但是這一本是我看過眾多版本之中，我最喜歡的一本。因為，作者把故事描述的栩栩如生，讀的時候彷彿自己就是書中的主角，陪著唐僧一同去西方取經。看了這本書後，我早已著迷在書中無法自拔，無時無刻都想看，看了一次、兩次、三次，都不厭倦，反而還想再看更多次！

書中角色中我最喜愛的角色一定是齊天大聖孫悟空莫屬了，他機智過人、調皮搗蛋、淘氣的個性，十分討喜，當師父遇到妖精，總是在第一時間站出去保護自己的師父，但是唐僧並不知情，總是認為悟空在傷及無辜，所以，都會念緊箍咒來處罰悟空，讓他痛不欲生。

對於孫悟空總是被師父誤會這一點，我的感覺是很兩面的，因為孫悟空沒有想到，自己的師父無法看清人皮底下的妖魔鬼怪，所以總是受到師父的誤會以及處罰。而我覺得師父並不相信自己的徒弟，只願相信自己眼前看到的一切假象，因此使孫悟空常常遭到誤會。但也因為這樣，讓孫悟空改變了自己，他運用自己的聰明智慧和巧妙的方法，讓師父可以看清真相，而他的初心始終沒有改變，就是保護好自己的師父。看到孫悟空用智慧化解自己與師父之間的誤會，這讓我更加喜歡改變後的孫悟空。

此書作者，採用了自己創造出來的國家，就像主角們帶領著我們勇闖奇幻國度，展開一連串的冒險。（王羽岑 撰寫）

游婷雅（台中古典音樂台閱讀推手節目主持人、閱讀理解教學講師）

跟著齊天大聖一邊打怪，一邊讀懂詩詞

經典小說《西遊記》是中國明朝的作品，原著是以古代的白話文撰寫，時而加入畫龍點睛的一段詩詞。以唐玄奘至西域取經的真實歷史為主軸，再加入虛構人物與故事的成分，讓讀者隨著說書人進入神奇虛幻的世界，跟著孫悟空經歷了九九八十一關的打怪大冒險。

目川文化以現代「輕」文言改寫，且仍部分保留原著中的詩詞。讓讀者們既能流暢地閱讀故事，感受神怪故事的奇幻，又能體會精簡文字之美。

舉例來說，當美猴王成為神通廣大的孫悟空之後，暗暗自稱道：

去時凡骨凡胎重，得道身輕體亦輕。
當時過海波難進，今日回來甚易行。

當我一讀到「去時凡骨凡胎重」，發現時間的線索「去時」，便預測到有去應該就有回，果然最後一句「今日回來」指的就是回時。第三句的「當時」，和「去時」意思相同。四句中唯有「得道身體輕亦輕」少了時間線索，但我自己加了時間，變成「得道時／後」。於是我讀懂了這詩詞講的是「得道前後的差異」。

得道之後身體變得很輕，得道之前是「凡人」的骨頭、身體，比較重。得道後就變輕了（我想到「脫胎換骨」這個成語）。孫悟空怎麼知道自己得道後身體變輕了呢？原來是在前往修道途中過海、前進都非常困難，得道之後回程卻變得非常容易通行。

我讀懂了文字表層的意義了！原來文言文並沒有想像中困難呢！讓我們一起跟著齊天大聖孫悟空西遊，一邊打怪，一邊讀懂詩詞吧！

劉美瑤（兒童文學作家、台東大學兒童文學研究所）

用詼諧包裹成長的《西遊記》

這部經典雖緣起於三藏取經，但是本書中有關弘揚佛法的成份極少，反而含有不少滑稽的逗趣情節，不論是起初悟空與天庭諸神的對戰，或是一路上降妖伏魔的歷險敘述，讀來非但不帶絲毫緊張刺激，讀者們反而會因為悟空和八戒使詐戲弄妖怪的橋段而捧腹大笑。

除了笑謔的敘述外，我們可不能忽略書中豐富立體的角色雕塑以及隱含其中的諷刺，且不說不辨忠奸迂腐固執的唐僧常被當作是在暗諷無能的統治者，故事裡頭那些想吃唐僧肉求長生不老卻出盡洋相的精怪們，與現實社會中為了追求長壽名利而醜態百出的凡人何其相像？而看守真經的西方尊者一見到唐僧師徒就先索要禮物，索討不成就給假的經典，這些行為更是顛覆了我們對神佛上仙的想像。

所有的角色又以主角悟空的塑造最為精采動人，成長的幅度也最大。悟空一開始大鬧天宮挑戰天庭：「皇帝輪流做，明年到我家。」這句話可以看做是對體制的衝撞。這時的石猴就是一個尚未社會化、衝動、好賣弄的野孩子，爾後的取經路彷彿是社會化的漫遊過程，悟空不斷因未被馴服的野性而受到訓斥，不斷遭受各種挫折磨難、不斷被誤解、但也不斷的反省，最後終於修煉成佛，而束縛祂的緊箍也自然沒了。但是緊箍真的是自然沒了嗎？其實不然，緊箍好比是規矩的象徵，「緊箍沒了」暗示規矩已經融入悟空體內，祂在歷經訓誡磨難後逐漸成為一個馴服的個體。

我們的成長不都是這樣嗎？**儘管體制存在著許多不甚公平合理之處，但我們終將在體制的雕琢下，逐漸磨去我們的銳角，成為一個圓滑成熟的社會人。**從這個觀點看來，難怪西遊記必須要充斥著詼諧，因為這樣才能稍稍緩解失落了天真的成長所帶來的苦澀。

第一章　美猴王出世

傳說很久以前，東勝神州有個傲來國，東臨大海，海中有一座名山，叫做花果山。花果山頂有一塊仙石，自盤古開天闢地以來，就接受天地靈氣、日月精華，久而久之，便有了靈性。

一天，仙石迸裂，產一石卵，像圓球一般。一股仙風吹來，石卵骨碌碌地轉啊轉啊，漸漸變化成一隻小石猴，五官具備，四肢皆全。小石猴學爬學走，向東、南、西、北拜了幾拜。

當他抬頭看天時，目運兩道金光，直射天宮，驚動玉皇大帝。玉皇大帝即命千里眼、順風耳開南天門察看，得知是個小石猴出世，玉帝這才放心。

小石猴在山裡的生活，倒也快活無比。一日天氣炎熱，他和群猴在青松蔭下玩耍，有的跳樹攀枝、採花覓果，有的逐蜻蜓、捉蝨子，痛快地玩耍。一群

猴子到綠水澗邊洗澡，只見那澗水奔流，眾猴說：「這股水不知從哪裡流來，我們今天閒來無事，去找找源頭吧！」於是大家一起溯流爬山，直到源頭，一看原來是一股瀑布飛泉。

那瀑布如一道白虹，又似千層雪浪，水晶簾幕般瀉掛而下。眾猴說：「誰有本事鑽進去，又不傷身體，我們就拜他為王。」忽見猴群中跳出小石猴，應聲高叫：「**我進去！**」

待他睜眼看時，裡邊無水無波，只有一架鐵板橋，有石床、石凳、石盆、石碗、石鍋，像個住家一樣。跳過橋中間，只見當中有一塊石頭，上面刻著十個大字：**花果山福地，水簾洞洞天**。

小石猴喜出望外，閉目縱身，躍出水簾，連呼：「沒水！沒水！裡面是一副天造地設的家當，而且地方寬敞。我們都進去住。」眾猴聽了，歡呼雀躍，都跟在小石猴身後，跳進去了。大家搶盆奪碗，占灶爭床，直累得筋疲力盡。

這時，小石猴端坐上面，對大家說：「你們剛才說，有本事先進來的，就拜他為王。我如今進來又出去，出去又進來，還找到這地方讓大家安居樂業，為何不拜我為王？」眾猴聽了，覺得有理。於是大家按年齡大小排隊站立，朝上禮拜，高呼：「大王千歲！」從此，小石猴成了美猴王。

春採百花為飲食，夏尋諸果作生涯。
秋收芋栗延時節，冬覓黃精度歲華。

美猴王率領眾猴，朝遊花果山，暮宿水簾洞，過著自由自在的生活，十分快樂。一天，美猴王與群猴吃喝時，忽然掉下淚來，說：「我們不受人王、獸王管轄，卻有死神、閻王管著，終難免一死，不得長生。」眾猴聽了，也個個掩面悲啼。

忽然，一個老猴跳出來，厲聲高叫：「大王！有三種人不伏閻王所管，那就是佛、仙和神聖。他們不生不滅，與天地山川齊壽。」美猴王聽了，滿心歡喜的說：「我明天就下山，雲遊天下，訪此三者，學一個長生不老之法。」

★　★　★

第二天，美猴王登上枯松編做的木筏，又取根竹竿當篙，告別眾猴，離開花果山，漂洋過海而去。來到南贍部洲，學人禮，講人話，九年仍無緣遇仙。後來又轉往西牛賀洲，遍訪好久，終於聽說靈台方寸山中，有個斜月三星洞，洞內有個神通廣大的神仙，名叫須菩提祖師。

美猴王來到斜月三星洞前，見洞門緊閉。正要敲門，只聽「呀」的一聲，洞門開了，走出一位仙童，上前相問：「我家須菩提祖師正在講道，忽說外面有位修行的來，叫我接待接待。想必就是你了？」猴王連忙說：「是我，是我。」童子說：「你跟我來。」

美猴王整整衣服，進洞拜見祖師。祖師曉得他不是俗骨凡胎，就收他為徒。

又說：「你無名無姓，就給你起個法名，叫孫悟空。」

從此，孫悟空與眾師兄學言語習禮貌，講經論道，閒時掃地鋤園，養花修樹，挑水打柴。不覺過了六、七年。

一天，祖師開講大道，悟空喜得在旁聽講，祖師問悟空：「你既聽得懂我深奧的道法，不知你想學些什麼道術？」誰知悟空這也不學，那也不學，惹得祖師心生怒氣，手持戒尺在他頭上打了三下，然後倒背著手，走入裡面，將中門關了，撇下眾人而去。

聽講的人都埋怨悟空得罪祖師，悟空卻滿心歡喜。原來，他已領會師父的意思：打他三下，是讓他三更時分存心；倒背著手走入裡面，將中門關上，是讓他從後門進去，密傳道術給他。

半夜，悟空來到祖師的床前跪下，靜靜等候。祖師十分喜歡悟空的靈性，就教授他長生妙道。三年後，祖師再傳授他七十二變和筋斗雲，加上身上的毫毛，根根能變。美猴王從此成為神通廣大的孫悟空。

一次，悟空在眾師兄面前賣弄法術，捻著訣，念動咒語，搖身一變，就變做一棵松樹。祖師訓斥：「這是修行人的忌諱！你走吧，今後不可對人說我是你師父。」悟空無奈，謝了師恩，縱起筋斗雲，翻一個筋斗就有十萬八千里，很快就回到花果山水簾洞。美猴王自知快樂，暗暗的自稱道：

去時凡骨凡胎重，得道身輕體亦輕。
當時過海波難進，今日回來甚易行。

悟空按下雲頭，開口叫道：「孩兒們，我回來了！」聞聲，草木叢中，大猴、小猴紛紛跳了出來，把悟空圍在當中，悲苦哭訴：「大王，你怎麼走了這麼多年！」原來，最近有個水髒洞的混世魔王欺善作惡，搶走許多東西，捉去許多

猴子猴孫，還揚言要霸占水簾洞。

悟空聞言大怒，縱起筋斗雲，來到水髒洞叫陣。混世魔王穿好盔甲，手持鋼刀，出得洞來。他對悟空劈頭就砍，悟空側身閃過，拔一把毫毛，丟在口中嚼碎，朝空中噴去，叫聲「變！」，即變作許多小猴，把魔王圍住，抱的抱，扯的扯，摳眼睛，撚鼻子。悟空趁機奪了他的大刀，一刀將他斃命。然後，帶領被救的小猴一起回到水簾洞，花果山一片歡騰。

見眾猴使的都是竹竿木刀，有

老猴向美猴王獻計：「大王，向東去二百里水路，有個傲來國，那裡有許多金銀銅鐵兵器。」

悟空聽聞，滿心歡喜，急縱筋斗雲，瞬間來到傲來國。一陣飛沙走石，驚散傲來國君民後，闖入兵器庫，只見器械無數，刀、槍、劍、斧、矛件件具備。悟空拔一把毫毛，變作千百小猴，亂搬亂搶，將兵器盡數搬淨。

從此，花果山的猴兒們舞刀弄槍，吆吆喝喝，好不威風。山上的狼、虎、豹、獅、熊等七十二洞妖王，聞訊都來參拜猴王，隨班操練，隊伍整整齊齊，把一座花果山造得似鐵桶金城。

★　★　★

美猴王還沒高興夠，又生煩惱：「你們兵器精通，但我這把刀實在不合用，怎麼辦？」老猴又上前啟奏：「我們這水簾洞鐵板橋下，水通東海龍宮。大王何不去尋龍王，向他要件稱心的兵器？」美猴王聽了大喜：「好，我這就去！」

好猴王跳至橋頭，噗通入水，直奔東海龍宮。龍王聽巡海夜叉傳報，率龍子龍孫、蝦兵蟹將，出水晶宮迎接。悟空說明來意，龍王聽了，不好推辭，就命人取一把大刀奉上。悟空說：「老孫不耍刀，乞求另賜一件。」

龍王便又命人抬出一杆九股叉。悟空接在手中，舞了幾下，連說：「輕！輕！輕！不稱手！請另賜一件！」龍王笑著說：「上仙，你不看看，這又有三千六百斤重哩！」悟空說：「不稱手！不稱手！」

龍王又命人抬出七千二百斤重的方天畫戟。悟空接在手中耍弄幾個架勢後，嚷道：「還是輕！輕！輕！」老龍王心生害怕，顫聲說：「我宮中只有這根戟最重，再沒什麼其他兵器了。」

這時，後方龍婆、龍女向龍王附耳道：「大王，那定江海深淺的神珍鐵，送給他，打發他走吧！」龍王依言對悟空說了。悟空叫道：「拿來我看。」龍王搖手：「扛不動，扛不動！須上仙親自去看。」於是把悟空引到藏寶處，忽見金光萬道。龍王說：「那放光的就是。」

悟空上前一看，是一根鐵柱，約有斗來粗，二丈多長。他兩手用力抓著說：「太粗太長了，再短再細些才好。」話音剛落，鐵柱竟細了幾分。悟空大喜，又說：「再細些更好！」那寶貝真又細了幾分。

悟空十分歡喜，拿起一看，原來兩頭是金箍，中間一段是烏鐵，上面還有一行字：「如意金箍棒，重一萬三千五百斤。」

得了寶貝，悟空心花怒放。他耍弄了一通後，笑著對老龍王說：「一客不

煩二主，你這裡有披掛，送我一件，一併致謝。」老龍王沒辦法，擂鼓撞鐘召來三海龍王。四海龍王合計，決定湊副披掛。

北海龍王說：「我這裡有一雙藕絲步雲履。」

西海龍王說：「我帶了一副鎖子黃金甲。」

南海龍王說：「我有一頂鳳翅紫金冠。」

東海老龍王大喜，引入水晶宮相見，奉上金冠、金甲和步雲履。悟空穿戴妥當，對眾龍王說：「打擾！打擾！」便揮舞金箍棒，一路打了出去，回到花果山。

眾猴見孫悟空渾身金燦燦，齊聲喝彩。悟空滿面春風地把金箍棒一豎，說：「讓你們見識一下我得的寶貝！」說著將那寶貝掂在手中，叫：「小！小！小！」立刻縮小成一枚繡花針似的。悟空又叫：「大！大！大！」自己也搖身一變，叫聲：「長！」他就長得身高萬丈，頭如泰山，腰同峻嶺，手中的金箍棒上頂天，下立地，把眾猴和七十二洞妖王嚇得魂飛魄散，磕頭禮拜。片刻，悟空收了變化，又把金箍棒變成繡花針般大，藏入耳內。

各洞妖王聞訊，都來參賀。悟空吩咐安排筵宴，與眾跳舞歡歌，喝醉了，見兩人拿了一張批文，上有「孫悟空」三字，走上來不容分說，套上繩，就把他索了去，踉踉蹌蹌，直帶到一座城邊。

悟空漸覺酒醒，抬頭望向城門，只見一塊鐵牌上寫著「幽冥界」三個大字。悟空頓然醒悟，從耳中掏出寶貝金箍棒，晃一晃，碗口粗細，一舉手，擊斃兩勾魂鬼，掄棒闖進城中。

一瞬間，整個幽冥界大亂。眾鬼卒奔上森羅殿飛報：「不好了！出事了！外面一個毛臉雷公嘴打進來了！」慌得那十殿閻王趕緊整衣出迎，應聲高叫：「上仙留名！」

悟空說：「我老孫修道成仙，與天齊壽。你們既認不得我，怎麼差人來勾我？」十王說：「不敢！想必是勾錯了？」

悟空說：「胡說！快拿生死簿子給我看！」十王即命掌案的判官取出文簿，

悟空一把奪過，將上面猴鼠之類，凡有姓名的，統統用筆勾去。他摔下簿子，叫道：「今後不伏你管了！」

猴王一路舞棒，打出幽冥界，突絆一跤，猛然醒來，原來是南柯一夢。

第二章　大鬧天宮

這一天，天上的玉皇大帝在靈霄寶殿召集文武百官議事，先是東海龍王告悟空索要兵器，出手打人，後是地藏王菩薩告悟空勾生死簿，驚動十殿閻王。玉帝想要遣將擒拿，太白金星啟奏：「石猴既已成仙，不如把他招上天來，給個官職，可不必勞師動眾，同時也收仙有道。」玉帝批准，即命太白金星下界招安。

悟空聽說玉帝請他上天做官，滿心歡喜，便隨太白金星一起到天宮。初登上界，只見金光萬道，瑞氣千條。這天上有三十三座天宮，七十二座寶殿。各宮各殿，都不少官，只有御馬監缺個正堂管事。

玉帝封悟空為弼馬溫。他到任後盡職盡責，把天馬養得肉肥膘壯。一天，眾監官宴請悟空，悟空忽然停杯問道：「我這弼馬溫是多大的官銜？」眾人說：

「這是個最小的官銜。」

悟空一聽大怒：「我在花果山稱王稱雄，怎麼叫我來當馬夫？」只聽呼啦一聲，推倒桌面，又從耳朵裡取出金箍棒，晃一晃，一路打出南天門。

悟空一個筋斗翻回到花果山，眾猴都來叩頭迎接，辦上酒席，為美猴王洗塵。正喝酒時，兩個獨角鬼王前來拜見，獻黃袍一件，並說：「大王如此神通，就是做個齊天大聖有何不可？」

美猴王大喜，連聲說：「好！好！好！小的們，快置個旌旗，上頭寫上『齊天大聖』四個大字，立竿張掛。從此，就叫我齊天大聖。」

次日早朝，禦馬監官上奏：「新任弼馬溫孫悟空，因嫌官小，昨日下天宮去了。」玉帝即命托塔天王李靖為降魔大元帥，和哪吒三太子興師下界，擒拿悟空。一時間，天兵天將浩浩蕩蕩，騰雲駕霧，來到花果山。

急先鋒巨靈神耀武揚威，第一個在水簾洞前罵陣。那齊天大聖，頭戴紫金冠，身穿黃金甲，手持如意金箍棒，率眾猴出洞，一字擺開陣勢。這巨靈神睜睛觀看，真好猴王：

身穿金甲亮堂堂，頭戴金冠光映映。
手舉金箍棒一根，足踏雲鞋皆相稱。
一雙怪眼似明星，兩耳過肩查又硬。
挺挺身才變化多，聲音響喨如鐘磬。
尖嘴咨牙弼馬溫，心高要做齊天聖。

巨靈神不是對手，戰不了兩個回合，就敗下陣來。哪吒憤怒，大喝一聲：「變！」即變作三頭六臂，手持六種兵器，向悟空打來，大聖也喝聲「變！」，變成三頭六臂，六隻手揮著三根金箍棒架住。直鬥得地動山搖。

雙方各騁神威，哪吒將六種兵器變成千千萬萬，悟空也將金箍棒變成千千萬萬，半空中似雨點流星，激戰難分難解。孫悟空眼疾手快，拔一根毫毛變作

自己，真身趕到哪吒背後，一棒正中哪吒左臂，哪吒負痛逃走。

李天王見大聖神通廣大，不能取勝，忙命收兵，率眾將回靈霄寶殿，請求添兵加將。太白金星卻上奏道：「就讓那猴做齊天大聖，收他的邪心，四海不就安寧了嗎？」玉帝覺得這辦法不錯，就命太白金星再去招安。

★ ★ ★

悟空聽了大喜，又隨太白金星來到天宮，玉帝封他齊天大聖，還命人在蟠桃園右邊，蓋一座齊天大聖府。玉帝知道孫悟空每天無事閒遊，怕他閒中生事，就吩咐他去看管蟠桃園。園中土地神向大聖介紹：「前面這些蟠桃六千年一熟，

人吃了能升天。後面這些九千年一熟，人吃了能與天地齊壽。」大聖聽了十分高興，此後三天兩頭來蟠桃園賞玩。

一天，王母娘娘要召開蟠桃盛會，命七位仙女到園中摘取仙桃。她們先在前面的樹摘了兩籃，在中間的樹摘了三籃，接著來到後面的樹旁，一位仙女伸手要摘，驚醒了睡在樹梢濃葉下的大聖。

大聖大叫一聲：「你們是哪來的怪物，敢來這兒偷桃？」仙女們嚇得一齊跪下：「大聖息怒，我們奉王母娘娘之命，摘取仙桃開蟠桃盛會。」大聖這才轉怒為喜：「蟠桃會請的什麼人？有我嗎？」仙女們說：「蟠桃會遍請各宮各殿大小神，倒不曾聽說請孫大聖。」

孫大聖一聽不高興，念咒定住七位仙女，駕祥雲直奔瑤池而去。路上遇到赴蟠桃會的赤腳大仙，就用計把他騙到通明殿，自己變作赤腳大仙。來到瑤池，只見這裡鋪設得整整齊齊，還未有仙來。忽然，一陣酒香撲鼻而來，是幾個造酒的仙官正在擺設玉液瓊漿。

悟空靈機一動，拔下幾根毫毛，叫聲「變！」，變成幾個瞌睡蟲，爬到眾人臉上，於是個個閉目合眼，倒頭呼呼大睡。悟空拿起佳餚美果，就著缸，挨著甕，痛飲一番。喝得醉了，心想若讓人撞見不好，不如早回府睡覺去。

這大聖晃晃悠悠，走錯了路，來到太上老君的兜率宮。誰知老君正在給仙童、仙將、仙官講道，宮內四下無人。大聖徑直來到煉丹房，只見丹爐左右放著五個葫蘆，裡面盛著煉好的金丹。

大聖暗喜道：「這是仙家至寶。今日有緣看到此物，何不嘗嘗。」於是，他把葫蘆裡的金丹倒出來，都吃了。一時間酒醒，大聖自知禍闖大了，就匆匆離開兜率宮，使個隱身法，逃出西天門，一個筋斗回到了花果山。

★　★　★

玉帝得知孫悟空攪亂蟠桃會，偷吃金丹，十分惱怒，當即派四大天王協同托塔天王和哪吒，點了十萬天兵天將，把花果山圍得水泄不通。大聖毫無懼色，一根金箍棒翻雲覆雨大戰天神。

天產猴王變化多，偷丹偷酒樂山窩。
只因攪亂蟠桃會，十萬天兵布網羅。

這一場殺鬥，自上午直到日落西山。大聖看天色將晚，拔一把猴毛嚼碎，噴出去，變成千百個大聖，舞起千百條金箍棒，打敗了哪吒，戰退五個天王。

無奈，托塔天王忙派人請玉帝增兵。南海觀音菩薩推薦二郎神，玉帝馬上派人請二郎神。二郎神接旨後，帶著梅山六兄弟，點起本部神兵，駕鷹牽犬，搭箭張弓，縱狂風，一瞬間來到花果山。

二郎神請托塔天王手拿照妖鏡，照住妖猴的去向，自己領眾神兵出戰。就這樣，與大聖槍棒相交，各施神通，大戰三百回合，不分勝負。忽然，眾神兵縱放鷹犬，一齊掩殺過來，嚇得眾猴丟盔棄甲，各自逃命。大聖見本營散亂，忙抽身來救眾猴。

二郎神哪裡肯放？大聖不敢戀戰，搖身變成一隻麻雀，飛到樹梢上。二郎神就變成餓鷹，抖開翅膀去撲打。大聖一看不好，又變成一隻大鶿鳥沖天而去，二郎神急抖羽毛，變成大海鶴鑽雲來啄。大聖急降身入海，變成一條魚，沒入水中。二郎神趕到澗邊，不見蹤跡，就變成魚鷹在水面上盤旋。

最後，大聖變成一條水蛇，游上岸，鑽入草中。二郎神轉眼變成一隻朱頂灰鶴，伸長嘴來吃水蛇。水蛇跳一跳，變作一隻花鴇，落在山坡上。

二郎神現出原形，取出彈弓，一彈子打來。大聖趁勢滾下山坡，變成一座土地廟，大張著口，似一個廟門，牙齒變作門扇，舌頭變成菩薩，眼睛變作窗戶。只有尾巴不好收拾，豎在後面，變成一根旗杆。

二郎神趕到崖下，識破大聖花招，舉拳就打。大聖一看不好，「呼」的一個虎跳，鑽到空中不見了。原來，大聖使個隱身法，跳出天兵營圍，往二郎神老家去了。托塔天王用照妖鏡照見，忙告訴二郎神去追。

大聖搖身變成二郎神的模樣，大搖大擺走進二郎神廟，鬼判個個磕頭迎接。這時二郎神也一頭撞進廟門，眾鬼判無不心驚。大聖見了，現出真相，二人嚷嚷鬧鬧，又打在一起。

玉帝和眾神在南天門觀戰，見他倆不分勝負，十分著急。太上老君說：「我來助二郎神一臂之力。」隨即捋起衣袖，從右臂上取下金剛套，往下一摜，不偏不倚，正中悟空。

悟空只顧苦戰，冷不防頭頂上被狠狠打了一下，一時站不穩腳，跌了一跤。

他連忙爬起，哪知腿肚被二郎神的哮天犬一口咬住。二郎神和梅山兄弟一擁而上，將悟空五花大綁。

悟空被綁上斬妖柱，眾天兵刀砍斧剁，槍刺劍劈，雷打火燒，也不曾損他一根毫毛。玉帝大驚失色，太上老君啟奏：「妖猴吃了蟠桃，喝了御酒，又盜了仙丹，已成金剛之軀。不如放在八卦煉丹爐中煉燒。等煉出金丹，他自然也化成灰燼了。」

誰知煉了七、七、四十九天，大聖猛睜眼看見光明，呼地跳出丹爐，「嘩啦」一聲，雙腳蹬倒八卦爐，往外就走。那神奇的八卦爐法力煉就他一雙火眼金睛。他從耳中取出如意金箍棒，拿在手中戰鬥，一時間天宮亂成一團，玉帝連忙派人急赴西天，請如來佛祖火速前來。

★　★　★

如來佛祖來到靈霄殿外，叫大聖出來問話。大聖理直氣壯地說：「常言道：

皇帝輪流做，明年到我家。叫玉帝把天宮讓給我，萬事皆休；如果不讓，就叫他永不安寧。」

如來冷笑兩聲，說：「你有何本事，敢出此狂言？」大聖說：「我的本事多哩！我有七十二變，萬劫不老長生。」如來微微一笑：「你如果一筋斗翻出我的手掌心，我就讓玉帝把天宮讓給你。」

大聖聽了暗笑：「我老孫一筋斗十萬八千里，他那手掌方圓不滿一尺，如何跳不出？」他收了金箍棒，將身一縱，站到如來手心裡，叫了聲：「我去

也！」便一路雲光，無影無蹤去了。

那大聖只管前進，忽見前面有五根肉紅柱子，撐著一股青氣。悟空心想：「這一定是到天的盡頭了。」又想了想：「且慢！我得留下記號，回去好與如來作證。」只見他拔下一根毫毛，變出一支毛筆，就在中間那根柱子上寫了一行大字：「齊天大聖到此一遊」。

悟空一個筋斗又翻回如來的手掌心，說：「我去了，一直到天邊。快叫玉帝把天宮讓給我。」如來說：「你這猴子！你低頭看看便知。」大聖低頭一看，原來如來佛中指上竟寫著：「齊天大聖到此一遊」八個字。

大聖大吃一驚，叫嚷：「有這等事！我絕不信！等我再去看看！」他急縱身又要跳出，被如來翻掌推出西天門外，將五個手指化作金、木、水、火、土五座聯山，喚名「五行山」，輕輕壓住大聖。如來又拿出一張金字「壓帖」，貼在五行山頂的一塊四方石上，那座山即生根合縫了。

當年卵化學為人，立志修行果道真。
萬劫無移居勝境，一朝有變散精神。
欺天罔上思高位，淩聖偷丹亂大倫。
惡貫滿盈今有報，不知何日得翻身。

第三章　西天取經

時光飛逝，大聖被壓在五行山下已經五百年。一天，如來講完佛法，對眾仙說：「我今有大乘三藏真經，可勸人為善，現需一個有法力的，去東土尋一高僧，教他苦歷千山萬水，到我處求取真經，永傳東土，勸化眾生。」

如來話音剛落，觀音菩薩走近蓮台說：「弟子願去東土尋取經人來。」如來心中大喜，吩咐說：「我給你五件寶貝——錦襴袈裟、九環錫杖和三個箍兒，日後交給取經人，可保護他一路解難。我還有『金緊禁』的咒語三篇，路上撞見神通廣大的妖魔，可勸他學好，給取經人做個徒弟。他若不服使喚，可將箍兒戴在他頭上，自然見肉生根，再各依所用的咒語念一念，就會眼脹頭痛，定教他入我門來。」

觀音菩薩領命，喚徒弟木吒隨行，拜別眾仙佛東去。觀音師徒二人一路東

行，收服了沙悟淨、豬悟能、小白龍、孫悟空，他們都答應做取經人的徒弟。最後，來到大唐國都長安，訪查取經的善人，聽聞太宗皇帝選取高僧，舉行隆重的水陸大會，超度冤魂，又見法師壇主玄奘，是個大德行者，十分歡喜。觀音菩薩扮作貧僧，將佛賜的袈裟和錫杖，捧上街叫賣。唐太宗聽聞兩件寶物，召他們前來，想買下賜給玄奘。觀音躬身合掌道：「既是有德行者，貧僧情願送他，不要錢。」

第七日，是水陸正會，唐太宗率文武百官聽玄奘講經說法。忽然，人群中擠進兩個和尚，高叫：「你只會談小乘教法，可會大乘嗎？大乘佛法三藏，可以度亡脫苦，壽身無壞。」玄奘急忙翻身下臺，行禮向他們請教。唐太宗認出是七天前送袈裟的和尚，忙問：「那大乘教法在何處？」和尚說：「在西天天竺國大雷音寺佛祖如來處。」說完現出原形，原來是觀音和木吒。

唐太宗決心派玄奘去西天取經，賜雅號「三藏」，並賜姓唐。從此，玄奘又稱「唐三藏」、「唐僧」。臨行，太宗送他一個紫金缽盂，供途中化齋用。

★　★　★

唐僧帶著兩個隨從，從長安出發，漸漸進入荒山野嶺。一天黎明，唐僧一行三人，連馬四口，來到一座山嶺，崎嶇難走，撥草尋路時，跌入深坑。只見狂風滾滾，跳出五、六十個妖怪，把兩個隨從吃了，唐僧嚇得半死。幸好天已亮，眾妖紛紛退去。

昏昏沉沉的唐僧，準備牽馬獨自前行，誰知這馬膽怯，伏倒在地，不肯起身。唐僧抬頭往前一看，見兩隻猛虎咆哮，自知必死。正在危急之際，山坡前出現一人，手持鋼叉，腰懸強弓，前來相救。

他是山中獵人劉伯欽，將唐僧護送到兩界山，正要拜別，只聽山腳下叫喊如雷道：「我師父來了！」把兩人都嚇了一跳。伯欽想了想，對唐僧說：「這兩界山原名五行山，山下壓著一個神猴，不怕寒暑，凍餓不死。這叫喊的必定是他。長老不用怕，我們下山看看去。」

兩人牽馬下山，走了不遠，見那山下確實壓著一猴，露著頭，亂招手道：「師父，你怎麼此時才來？救我出來，我願保護你取經，當你的徒弟。」三藏聽了歡喜，忙問：「我怎麼救你？」那猴道：「這山頂四方大石上有一張金字『壓帖』，你上山去把那帖子揭起，我就出來了。」

唐僧和伯欽急忙爬到山頂，果然看見一塊四方大石，唐僧上前拜了幾拜，望西禱祝後，將壓帖輕輕一揭，只聞一陣香風刮來，壓帖已在空中。大聖萬分歡喜，高叫：「師父，請你離遠點兒，我才好出來。」

獵人領著唐僧走了五、六里路，又聽得那猴高聲叫道：「再走！再走！」他倆又走了好幾里路，一直走下山，只聽一聲震天動地的巨響，兩界山地裂山崩。二人驚魂未定，大聖早已跪在面前，叫道：「師父，我出來了。」

唐僧上下打量了他一番，問：「徒弟啊，你姓什麼，叫什麼名字？」大聖回答：「我姓孫，名叫悟空。」

師徒二人謝別獵人後上路。一天，師徒正行走間，忽聽路邊一聲呼哨，闖出六個賊人，各執長槍短劍、利刃強弓，吆喝道：「和尚！哪裡走！趕快留下馬匹，放下行李！」唐僧一聽，嚇得跌下馬來。

悟空連忙說：「師父放心，看我收拾他們。」說著從耳內取出金箍棒，一棒一個，將那夥賊人全部打死。

唐僧看了不忍，數落悟空說：「他們雖是匪徒，並非罪大惡極，怎麼把他們都殺了？出家人慈悲為懷，你這樣不問青紅皂白，傷人性命，如何做得和尚，去得西天取經？」

這猴子見唐僧嘮嘮叨叨，按不住心頭的怒火：「你既說我做不了和尚，上不得西天，我回去便是！」說完便憤而離去。

唐僧歎口氣，只得孤孤單單向西前進。走了不久，迎面走來一位老太太，問他為何獨自行走。唐僧說明其原因，老太太說：「我去趕上他，叫他還來跟你同行。我這裡有一件綿布直裰和一頂嵌金花帽，回來讓他穿上。我再教你一篇咒語，叫做『定心真言』，又叫『緊箍咒』。他不聽話，你就念這咒語，他定不敢胡來。」

再說悟空賭氣而去，徑至水晶宮，驚動龍王出來迎接，龍子、龍孫捧香茶來獻。茶畢，龍王勸說：「大聖，不可圖自在，誤了前程。你若不保唐僧，不盡勤勞，不受教誨，到底是個妖仙，休想得成正果。」悟空聞言，回心轉意，急忙趕上唐僧。看見唐僧在路旁悶坐。

唐僧抬頭看見悟空，悶悶不樂地說：「我才略略的言語重了些，你就怪我，使個性子丟了我去。像我這去不得的，只管在此忍餓。你也過意不去呀。」悟空急忙說：「師父，你若餓了，我去為你化些齋吃。」唐僧回答：「不用化齋，我那包袱裡還有些乾糧，是劉老太太送的，等我吃些就繼續上路吧。」

悟空於是解開包袱，拿出幾個燒餅乾糧，遞給師父。又發現一件光豔豔的綿布直裰和一頂嵌金花帽，便歡喜地向師父討來穿上。

那唐僧於是試著念起緊箍咒，只見悟空抱頭大叫：「頭痛！頭痛！」他又念了幾遍，悟空痛得面紅耳赤，眼脹身麻。唐僧不忍，就住了口。不念時，悟空就不痛了。他伸手去頭上摸摸，一條金線似的箍，緊緊的勒在上面，取不下，揪不斷，已此生了根。悟空知道這是觀音菩薩約束他的方法，便死心塌地，保師父奔西而去。

這天，師徒倆來到蛇盤山鷹愁澗，嘩啦啦水聲震耳，只見一條飛龍鑽出山澗，推波掀浪，躥上山崖，來搶唐僧。悟空慌忙丟下行李，從馬上抱下師父就跑。那龍趕不上唐僧，便一口吞下白馬，隨後潛回水裡。

悟空向土地神打聽怪龍的來歷。土地神說：「前些日子觀音菩薩去東土尋取經人，途中救了一條被吊在空中等候處斬的玉龍，今日不知怎麼衝撞了大聖。這山澗千孔萬穴，水深流急，大聖還是請菩薩來降伏他。」

不久，觀音來到鷹愁澗邊，叫道：「玉龍三太子，快出來，觀音菩薩在此。」那龍應聲翻波躍浪，跳出水來。觀音從淨瓶裡抽出沾滿甘露的楊柳枝，往他身上拂了一拂，喝聲「變！」變成一匹馬，並吩咐說：「去吧，好生保唐僧西天取經，功成後自成正果。」

唐僧騎白馬，師徒二人又踏上取經之路。這天傍晚，來到烏斯藏國界的高老莊，一莊人家有大半姓高。悟空和一個急匆匆趕路的人撞個正著。原來他是高太公的家童，正要去請法師來降高家的妖怪女婿。

悟空一聽便說：「算你走運，撞著了我。我們是去西天取經的，專會降妖縛怪。」家童聽了半信半疑，便領他們來見高太公。

雙方坐定，高太公強打起精神說：「小女三年前招了個女婿，耕田種地不用牛，收稻割麥不用刀，夜去晝來非常勤快。但有一樣不好，就是會變嘴臉。」

悟空忙問：「怎麼個變法？」

太公說：「初來時，是一條黑胖漢子，後來變成長嘴大耳的呆子，像個豬的模樣。而且食量很大，一頓要吃三、五斗米。最可怕的是他雲來霧去，走石飛沙，嚇得左鄰右舍不得安寧。」

「放心，你引我去妖精女婿的住處看看。今夜我定將他拿下，教他退了親，還你女兒。」悟空說。高老遂引他到後宅子，但裡面卻黑洞洞。「女兒！」高老硬著膽叫道，那女兒才有氣無力的應了一聲道：「爹爹，我在這裡。」行者閃金睛，向黑影裡仔細看時，見那女子：

雲鬢亂堆無掠，玉容未洗塵淄。
一片蘭心依舊，十分嬌態傾頹。
櫻唇全無氣血，腰肢屈屈偎偎。
愁蹙蹙，蛾眉淡；瘦怯怯，語聲低。

悟空讓高太公把女兒領回前屋，自己變成她的模樣，等那妖怪。不多時，一陣狂風，半空中來了個妖怪，果然長嘴大耳。悟空躺在床上裝病。那妖怪不知真假，一把摟住悟空。悟空托起妖怪的長嘴，撲通一聲把他摜下床，說：「你今天晦氣到了，我爹爹請了法師來捉你。」

那妖怪聽了笑著說：「不怕。我有三十六變，還有九齒的釘耙。」悟空把臉一抹，現出原形，喝道：「妖怪，抬頭看看我是誰？」

「啊，你是大鬧天宮的弼馬溫！」那妖怪驚叫一聲，化作狂風脫身而去。

悟空一直追，那妖怪破口大　：「潑猴，我本是天河裡總督水兵的天蓬元帥，只因酒後戲弄嫦娥，被天帝貶下界來，錯投母豬胎，才生個豬頭人身。」說著，舉耙朝悟空猛打下來。悟空也不躲閃，用頭接住，只聽「撲」一聲，磕得釘耙火星四濺。

妖怪嚇得手軟腳麻，收了耙，氣喘吁吁地說：「你這猴子，為何欺負我？」悟空說：「只因我老孫改邪歸正，保東土大唐三藏法師往西天拜佛求經，路過高老莊，那高太公請我救他的女兒。」

妖怪一聽，忙丟了釘耙，向悟空行禮道：「那取經人在哪裡？我也受觀音菩薩

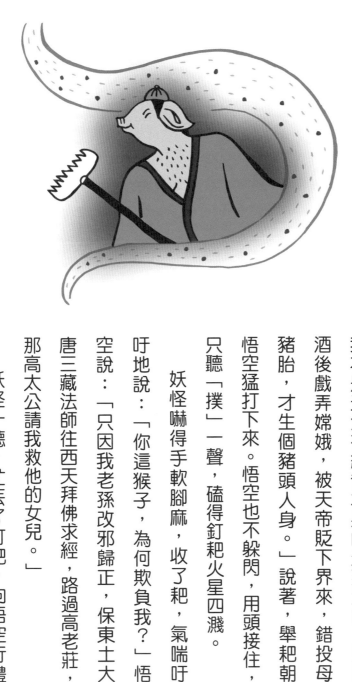

勸善，在此等他。快快帶我去見師父。」

悟空揪著妖怪的耳朵，兩個人一起回到高老莊。唐僧大喜，收下這個徒弟，因觀音已給他取名豬悟能，便說：「你既拜我為師，同去取經，就要吃素持齋，嚴守戒律。我再給你取個別號，叫做八戒。」

離開高老莊，唐僧師徒三人這天來到流沙河畔，鵝毛不浮、蘆花沉底。只見河水浩蕩，無邊無際，三人正發愁。忽然，河面浪湧如山，只聽「嘩啦」一聲，河中鑽出一個妖精，一頭紅焰髮亂蓬蓬，兩隻圓燈眼亮晶晶；不黑不青藍靛臉；脖子上懸著九顆骷髏，手持寶杖，奔上岸來搶唐僧。

悟空連忙把師父帶到高岸，八戒放下擔子，舉耙衝了上去，兩人戰在一處。正難分難解時，悟空掄棒朝那妖怪頭上打下去，妖怪轉身鑽入流沙河再不出來。八戒幾番下水引他上岸來鬥，那妖怪非常精明，只在河邊與八戒吵鬧。悟空急得心焦性噪，縱起筋斗雲，直奔南海去請觀音。

菩薩說：「他是捲簾大將，因錯被貶下凡來，也曾受我勸化，在此等著唐僧。」說著叫來徒弟木吒，教了他一些辦法。木吒和悟空一同來到流沙河，到水面厲聲高叫：「悟淨！取經人在此，你還不歸順？」

那妖怪聽到他的法名，探出頭來，認出木吒，連忙上前行禮。木吒把他引見給唐僧。那妖怪說菩薩已給他起了法名，叫沙悟淨。唐僧給他落髮剃度，見他一舉一動都像個和尚，又叫他沙和尚。

沙和尚把脖子上的骷髏取下，變成一隻船，師徒四人告別木吒，飄然渡過八百里流沙河。

第四章　三打白骨精

唐僧師徒歷盡險山惡水，來到萬壽山，山中有個五莊觀，是鎮元大仙的寶殿。觀內有件稀世珍寶人參果樹，一萬年才能吃一次，而這一萬年，只結三十個果子。果子的模樣就像不滿三歲的小孩，四肢俱全，五官皆備。

那天，鎮元大仙帶上徒弟出門聽道，吩咐二仙童說：「我走後，你們倆好好看家。幾日之內，東土大唐的聖僧唐三藏要從此經過，你們可將人參果打兩個給他吃，不可怠慢。」說完和眾徒飄然而去。

不久，唐僧師徒來至道觀門口，二仙童將他們迎入觀內休息。悟空去放馬，沙僧收拾行李，八戒借鍋做飯。二仙童回房，拿了金擊子和丹盤，又將絲帕墊著盤底，走到後院敲下兩個人參果，捧到前殿向唐僧獻上。

唐僧一見，嚇得戰戰兢兢，連連後退：「善哉！善哉！怎麼觀裡竟吃孩

童？」唐僧堅決不吃，兩人便拿回房中，把它瓜分了。因為那果子也蹺蹊，久放不得；若放多時，就硬了，不好吃。

誰知隔牆有耳，八戒在隔壁廚房做飯，前前後後聽得真切，饞得他口水直流。不久悟空回來，八戒忙招手叫他過來，問：「猴哥，你見過人參果嗎？」

悟空驚道：「不曾見，但聽說人參果是草還丹，人吃了能延年益壽。如今哪裡有？」八戒於是把剛才的事通盤托出，又說：「猴哥，你有本事，去園子偷幾個咱們嘗嘗，如何？」悟空說：「這個容易。老孫去，手到擒來。」

悟空使一個隱身法，閃進道房拿了金擊子，直奔後院。只見一座大花園，一棵參天大樹立在正中，葉子似芭蕉模樣，長得十分茂盛。悟空往上一看，見枝頭露出一個人參果，真像小孩一般。

悟空嗖地躥上樹，拿出金擊子敲了一個。誰知果子落下地，轉眼無影無蹤。悟空叫來土地神，問：「樹上結的人參果，老孫吃一個有何妨，怎麼剛打下來，你就撈了去？」

土地神說：「大聖錯怪小神了！這果子遇金而落，遇水而化，遇土而入。因此，敲時必用金器，接時必用絲帕襯墊。否則，打落地上，它便立刻鑽到土裡去了。」

悟空於是一手用金擊子打，一手扯起衣襟來兜，就這樣一連敲了三個果子。在廚房裡，兄弟三人，一人一個，各自享用。八戒早已饞得不行，加上嘴大、食量大，一張口囫圇吞嚥下肚，什麼味也沒吃出，就耍賴嚷嚷著：「哥哥，我吃得太急了，再去弄個讓我細細品味。」

悟空說：「你這呆子，好不知足！這果子一萬年才結三十個，我們吃一個已是天大的福分！」哪知八戒還在嘮叨，被二位仙童聽見，他倆到後院一數，整整少了四個，便回來指著唐僧，沒好氣地責問。

唐僧連忙叫來三個徒弟，八戒說：「我老實，不曉得，不曾見。」唐僧勸說：「出家人不說謊話。如果吃了，就賠個禮，不要抵賴？」悟空聽師父說得有理，就如實說了。

但仙童說少了四個，不是三個。八戒聽了又怪悟空私吞，只拿三個回來分。仙童越加毀罵，恨得悟空火眼圓睜。他拔根毫毛變成自己，真身卻直奔後院，抽出金箍棒往人參果樹上劈劈啪啪一陣猛打，又使出推山移嶺的神力，把樹推倒：「好！好！好！大家散夥。」

兩位仙童罵了個夠，再想樹大葉茂，怕數錯了，便又回去數。只見樹倒葉落果丟，嚇得面如土色，魂飛魄散。

三藏西臨萬壽山，悟空斷送草還丹。
杈開葉落仙根露，明月清風心膽寒。

兩人用計鎖住唐僧師徒，欲等大仙回來找他們算帳。誰知夜深人靜時，悟空使個解鎖法，又從腰間摸出兩個瞌睡蟲，彈到仙童臉上，然後師徒四人馬不停蹄，一直向西奔去。

鎮元大仙率眾徒弟回到五莊觀，見二位仙童沉睡不醒，忙給他倆噴水，解了睡魔。二人慌忙叩頭，哭訴遭劫的經過。大仙勃然大怒，踏上雲頭趕上唐僧師徒，使了個「袖裡乾坤」法，呼地一下把四僧連馬一袖子籠住，回到五莊觀，把他們綁在殿柱上，命拿出龍皮七星鞭，打一頓替人參果樹出氣。

悟空怕師父不禁打，忙說：「打我！打我！偷果子的是我，吃果子的是我，推倒果樹的也是我。」大仙說：「這潑猴倒也義氣，就先打他。」這悟空看他打腿，叫聲「變！」變成兩條鐵腿，任他抽打不知疼。

夜裡，等大仙和眾徒弟歸房安歇，悟空把身子縮了縮，脫出繩索。他解下唐僧，放了八戒和沙僧，又牽出白馬，拿了行李，一起出了觀門。臨走，悟空施個法術，將四根樹樁變成四人模樣，綁在那裡。

第二天，鎮元大仙又來拷打唐僧師徒，發現是四根樹樁，惱怒不已，急駕雲頭趕去，又一袖籠把他們抓回來。

這次，大仙命人架起一口大油鍋，把油燒得滾沸後，他高聲叫道：「把孫悟空丟進油鍋。」應聲出來四個徒弟，抬不動；連加到二十個，才把他抬起來，往鍋裡一扔，只聽「轟！」的一聲，鍋破油濺，原來是只石獅子。

大仙非常氣憤，命令炸唐三藏，悟空急忙現身。大仙一把扯住他說：「你別裝神弄鬼！就是到佛祖那裡，也得還我人參果樹。」悟空笑著說：「你這先生，好小氣。如要樹活，又有何難！你先放了我師父、師弟。老孫去去就來。」

悟空縱起筋斗雲，先來到東海蓬萊三島，向福、祿、壽三老討要醫樹的藥方，三老都說救不了人參果樹，但他們會到萬壽山，幫悟空向鎮元大仙求情。最後，悟空來到普陀落伽山，拜請觀音。觀音說：「鎮元大仙是地仙之祖，連我都敬他三分，你怎麼打傷了他的樹？」說完，和悟空縱雲來到五莊觀。

觀音叫悟空伸出手，用楊柳枝沾淨瓶中的甘露，在他手心畫了一道起死回生符，命他放在樹根之下，一會兒，樹根下汪出一股清泉。菩薩又命悟空、八戒、沙僧扛起樹來，扶正，埋上土，然後親自將清泉澆在樹上，口中念動咒語。不久，人參果樹漸漸枝舒葉展，活過來了。

萬壽山中古洞天，人參一熟九千年。
靈根現出芽枝損，甘露滋生果葉全。
三老喜逢皆舊契，四僧幸遇是前緣。
自今會服人參果，盡是長生不老仙。

鎮元大仙見寶樹復活，十分歡喜，忙把果子敲下十個，招待眾人。唐僧師徒又在五莊觀連住幾日，才再上路西行。

★　★　★

這天，師徒四人來到白虎嶺。唐僧肚子餓了，請悟空去哪裡化些齋吃。悟空跳上雲端，四下觀看，根本沒有人家，只見南山有一片紅透的山桃。悟空高叫：「師父，有桃子吃了。」說完，縱雲去了。

常言有云：「山高必有怪，嶺峻卻生精。」果然這山上有一個白骨精，此時在雲端裡踏著陰風，看見唐僧坐在地上，不勝歡喜：「聽說吃了唐僧肉，能長生不老。今天可到手了。」正要撲過去，忽然看見唐僧身邊兩名徒弟。於是眼珠一轉，計上心頭。

好妖精，停下陰風，在山坳裡搖身一變，變成一個花容月貌的女子，左手提著一隻青砂罐，右手提著一個綠瓷瓶，朝唐僧三人直奔而來。

八戒迎上前問：「女菩薩，哪裡去？手裡提著什麼東西？」女子應聲回答：「長老，我這青罐內是香米飯，綠瓶裡是炒麵筋，特來僧齋，請出家眾、師父們吃飯。」八戒一聽，高興死了，連忙回來報告：「師父，齋僧的來了！」

正在這時，悟空摘了果子一筋斗翻回來，睜火眼金睛一看，認出女子是個妖怪，舉起金箍棒就打，那妖怪有些法力，使個解屍法，見悟空棍子來時，她預先走了，把個假屍扔在地上。

唐僧嚇得戰戰兢兢，口中罵道：「你這猴頭，無故傷人性命！」就嘰哩咕嚕地念起了緊箍咒，痛得悟空直叫：「師父，莫念！有話好說。」唐僧說：「出家人慈悲為懷。你怎麼平白無故打死好人？你回去吧，我不要你這個歹人做徒弟。」悟空跪下叩頭不已，唐僧這才說：「這次饒了你，如再作惡，緊箍咒就念二十遍！」悟空連連答應，便將桃子奉上請師父充饑。

再說白骨精在雲端咬牙切齒，只見她搖身一變，變成一個年滿八十的老婆婆，手拄彎頭竹杖，一步一聲地哭著走來。八戒見了大驚，忙叫：「師父，不好了！媽媽來尋女兒了。」

假變一婆婆，兩鬢如冰雪。
走路慢騰騰，行步虛怯怯。
弱體瘦伶仃，臉如枯菜葉。
顴骨望上翹，嘴唇往下別。
老年不比少年時，滿臉都是荷葉摺。

悟空說：「那女子十八歲，這老婦有八十歲，難道六十歲還會生小孩！肯定是個假的。」好悟空，拽開步，上前一看，認得是那妖怪，也不理論，舉棒劈面就打。白骨精又脫真形去了，把個假屍留在路邊。

唐僧嚇得滾下馬來，二話不說，把緊箍咒足足念了二十遍，可憐悟空的頭被勒的疼痛難忍，滾過來哀告：「師父莫念了！有什麼話說吧！」唐僧說：「沒什麼好說的！你是個無心向善之輩，有意作惡之人，你走吧！」

悟空說：「師父真不要我，就把那鬆箍咒念一念，退下這個箍兒，我好快活自在，也算跟你一場。」唐僧為難地說：「當時菩薩只教我緊箍咒，沒教我鬆箍咒。」

悟空說：「那師父還是帶著我走吧。」唐僧無奈，只得說：「我再饒你一次，以後再不可行兇了。」悟空連說：「不敢！不敢！」

再說白骨精又搖身一變，變成一個白髮蒼蒼的老公公，一路走一路念佛。

八戒說：「師父，禍事到了。師兄打死他女兒，又打死他婆子，這老頭兒尋人來了。」悟空喝道：「呆子別胡說，待老孫去看看。」他走上前，正想舉棍就打，又怕師父再念緊箍咒。不打，又怕妖精擄了師父去。

說時遲那時快，只見大聖念動咒語，叫來土地神、山神四處把守，然後手起棍落，打倒妖魔，斷絕了靈光。

那唐僧在馬上嚇得半死，正要念咒，悟空搶到馬前，大聲說：「師父，莫念！莫念！你來看他的模樣。」只見地上一堆白骷髏，脊樑上還有一行字，叫做「白骨夫人」。

唐僧有些相信了，不料八戒又多嘴道：「師父，他手重棍凶，把人打死，怕你念咒，故意變化這模樣，掩你耳目。」唐僧耳根軟，對悟空說：「你一連打死三人，我再不能留你了。你回去吧！」說著寫下一張貶書遞給悟空：「拿去！以此為證，再不要你做徒弟了！」

悟空接了貶書說：「師父不要發誓，老孫去也。請受我一拜。」唐僧轉身說：「我不受你歹人的禮！」大聖於是拔下三根毫毛，變成三個孫悟空，四面圍住師父下拜。然後跳起來，吩咐沙僧：「賢弟，日後倘若有妖精拿住師父，你就說俺老孫是他大徒弟，妖精定不敢傷師父。」說完，沒奈何，縱筋斗雲回花果山去了。

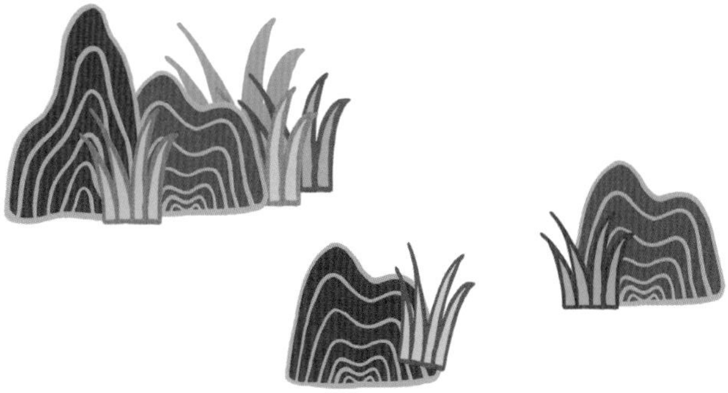

第五章　平頂山捉二妖

悟空走後，八戒和沙僧保唐僧過了白虎嶺，來到一片松林。八戒便請師父下馬，讓沙僧守護，自己去找吃的。誰知八戒一去，半天都還沒回來，唐僧只得派沙僧找回八戒。

沙僧走了，唐僧站起來四下走走散心，看見一座寶塔迎著落日，金頂放光。唐僧一喜，邁步走進塔門，想討個宿處。哪知一抬頭，見石床上睡著一個青面獠牙的黃袍妖怪，嚇得唐僧遍體酥麻，兩腿酸軟。

他剛轉身想逃，妖怪睜開一雙金睛鬼眼，叫道：「小的們，門邊是什麼人？拿上來！」小妖們應聲一窩蜂擁上，立刻把唐僧綁了。一審問，知道還有兩個徒弟和一匹白馬，黃袍老怪吩咐說：「小的們，把前門關了，等他們尋來。」

再說沙僧找到八戒，趕回林中，卻不見了師父。兩人只得牽馬挑擔，一路

尋至波月洞，忽見金塔放光。兩人走近一看，分明是座妖怪洞府。估計師父已被妖怪拿去，便在門外吆喝。妖怪大喜，提刀出來，三人展開一場拼殺。

唐僧被綁在柱子上，忽見洞裡走出一個女子。她原是寶象國的三公主，十三年前中秋賞月，被這黃袍老怪一陣狂風捲來，做了壓寨夫人。為了捎信給父母，公主悄悄從後門放了唐僧，然後到前門高叫：「黃袍郎！」

妖怪正在打鬥，聽見公主叫他，就問：「夫人，有什麼話說？」公主說：「我曾許願，若得如意郎君，就齋僧佈施。剛才夢中，有神人來討誓願，要我放了柱上綁著的僧人。不知郎君肯否？」老怪倒也爽快，說：「放了他、放了他。」八戒、沙僧一聽，連忙找著師父，繼續西行。

他們來到寶象國，唐僧入宮換了出關通行證，又把公主的信交給國王。國王和王后讀信後大哭一場，文武百官也傷心落淚。最後君臣商量，認為唐僧既然能從妖怪洞府裡把信帶來，定能降妖伏邪。

於是國王拜請唐僧，唐僧就推薦了八戒、沙僧。那八戒一上殿便誇下海口，又賣弄法術手段。國王大喜，親賜禦酒一杯。八戒一飲而盡，不知高低，一個人扛著釘耙打妖怪去了。沙僧怕八戒吃虧，也隨後駕雲追上。

他倆來到波月洞，八戒舉起釘耙，把石門捅出個大窟窿。老怪出洞，他們在山坡前戰了八、九個回合，八戒漸漸抵擋不住，就顧不得沙僧，一頭鑽進草裡藏起來。沙僧措手不及，被老怪一把抓住，捉進洞去。

老怪搖身變成英俊青年，縱雲來到寶象國，拜見國王說：「臣三年前從猛虎爪下救出公主，成了親，卻一直不知娶的是公主。那虎帶傷逃走，在山中修煉成精。最近，聽說牠吃了大唐取經人，假扮成他模樣來哄騙主公。」

那老怪又借來半盞淨水，吸一口水向唐僧噴去，施法把唐僧變成一隻虎，張牙舞爪，兇惡可

怕。眾將一擁而上，又打又踢，把「虎」鎖進鐵籠。

國王設宴款待「駙馬」。那老怪飲酒作樂，一旁有宮女吹彈歌舞。夜深時，白龍馬聽說唐僧變成老虎，八戒、沙僧又無消息，就變成宮女自己上陣，刺殺老怪。老怪急起應戰，兩人殺到半空。白龍馬抵擋不住，後腿被老怪擊中，慌忙按落雲頭，鑽入禦水河中。老怪得勝，又繼續吃酒睡覺去了。

三藏西來拜世尊，途中偏有惡妖氛。
今宵化虎災難脫，白馬垂韁救主人。

再說八戒藏在草叢中，一直睡到半夜醒來，才偷摸回城中，找不到師父，卻看見白龍馬渾身濕透，後腿一大塊青痕。白龍馬認出八戒，急忙對他說：「你快去花果山請大師兄來吧！」八戒無奈，縱雲東去。

見孫悟空威風凜凜地坐在山崖上，八戒對他說：「師父他老人家想你，讓我來請你。」悟空說：「你回去告訴唐僧，既然把我趕走，就別想我會回去！」八戒急了，一五一十說了實話，懇求悟空救師父一命。悟空說：「我臨走時千叮嚀萬囑咐，如有妖怪捉住師父，就說俺老孫是他大徒弟，你們怎麼不說？」

八戒靈機一動，想請將不如激將，便說：「不提你還好，一提你那妖怪就大罵：什麼孫悟空，他要來了，我就剝他的皮，抽他的筋！把他剁碎用油來烹！」悟空聽了，氣得抓耳撓腮，暴跳如雷，馬上和八戒駕雲來到波月洞。

悟空先救出沙僧，又命八戒、沙僧趕到寶象國引回妖怪。黃袍老怪睡夢中聽見八戒、沙僧吆喝，心想壞了，急忙駕雲轉回洞中。悟空和老怪打了五、六十回合，又一路追打到天宮，查出原來是奎木狼星下界作怪，玉帝命人收服後，就貶他到兜率宮給太上老君燒火。

悟空帶著公主回朝與家人團聚，看到鐵籠中的唐僧，悟空笑道：「師父啊，你怎麼弄成這副模樣？」八戒說：「哥啊，救救師父吧，別再揭短了！」悟空命取水來，然後念動真經，含水朝猛虎一噴，退了妖術。

★

於是，師徒四人又同心協力，踏上西天取經路。一路邊走邊看，忽見一山擋路，有神仙報信：「此山叫做平頂山，山中有個蓮花洞，洞裡有兩個魔頭，一個叫金角大王，一個叫銀角大王，不但神通廣大，而且隨身有五件寶貝，非常厲害。為了吃到唐僧肉，還畫出你們師徒的畫像，四處捉拿。」

悟空聽了，一點也不害怕，還故意派八戒巡山，自己變作小蟲叮在他的耳朵上。八戒有些害怕，又不敢不去，結果看見山坳裡有一處草坡，就一頭鑽進去睡起懶覺。悟空搖身變作一隻啄木鳥，對著八戒的長嘴啄一下。八戒慌得爬起來，咬牙罵道：「弼馬溫欺負我，你

也欺負我，把我的嘴當一段黑朽枯爛的樹，來尋蟲吃！也罷，我把嘴揣在懷裡睡吧。」

哪知剛倒下，耳根後又挨了一下。見睡不了覺，八戒又扛著耙走了四、五里。誰知，八戒運氣不好，和銀角大王率領的三十多個巡邏小妖撞個正著，有小妖認出來：「大王，這和尚長嘴大耳，像畫上的豬八戒。」

銀角大王舉起七星寶劍就砍。八戒發起狠來，噴著唾沫，舞著釘耙，嘴裡吆吆喝喝，拼命迎戰。銀角大王一揮手，眾妖一擁而上。八戒寡不敵眾，又絆了一跤，被群妖按住，揪耳朵，扯著腳，拉著尾，擒進洞去。

銀角大王知道唐僧就在附近，變作一個跌斷腿的道士，嘴裡直喊：「**救命！救命！**」唐僧忙勒馬尋看。原來是個道士，年紀又大，唐僧便請他上馬。那怪說他腿胯跌傷，不能騎馬，一定要悟空背。

悟空應聲答道：「我背！我背！」那怪上了悟空的背，使一個移山倒海的法術，把一座山壓在悟空頭上。然後，他疾駕長風，趕上唐三藏，從雲端裡伸下手來抓人。

沙僧慌忙丟下行李，舉起降妖杖當頭擋住。那怪十分兇猛，寶劍如流星，逼住寶杖，然後伸手抓住沙僧和唐僧，腳尖勾著行李，又張嘴咬著馬鬃，一陣風將他們捉到蓮花洞裡。

金角大王怕悟空上門要人，就派兩個小妖帶著紫金葫蘆和玉淨瓶去抓悟空。再說悟空被大山壓頂，早驚動許多神明。眾神忙念動真言咒語，放出悟空。忽見山坳裡霞光豔豔而來，土地神說：「那是妖魔的寶貝，可能是拿寶貝來降你。」悟空退了眾神，自己搖身變作一個道人等在路邊。

過了不久，兩小妖到了。悟空自稱蓬萊老神仙，兩個小妖連忙上前行禮。悟空問：「二位來這裡做什麼？」小妖搶著說：「大王讓我們來裝孫悟空。」還說：「只要把寶貝底朝天，口朝地，叫一聲他的名字，他一答應，就被吸進去，一時三刻他就會化為膿水。」

悟空聽了，暗暗吃驚，立刻拔根毫毛變只大玉淨瓶，騙小妖說：「我這瓶子能裝天呢！」說完，念動咒語，天地馬上一片漆黑。小妖驚得目瞪口呆，忙拿兩個寶貝和悟空換了瓶子，樂顛顛地回去報功。

金角大王一聽暴跳如雷，斷定是孫悟空騙走了寶貝。銀角大王說：「怕什麼！差兩個小妖去請老母親來吃唐僧肉，順便叫她帶幌金繩來拿孫悟空。」誰知二魔頭的話，讓悟空變的蒼蠅聽見了，結果他在半路攔截幌金繩，自己變成老妖婆模樣，來到蓮花洞。

兩妖王和眾小妖磕頭迎接，忽有小妖來報：「大王，孫悟空半路殺了奶奶，變成假奶奶進洞啦！」銀角大王一聽，舉劍就砍，悟空忙抽出幌金繩，「刷」地拋出來。誰知這繩有鬆繩咒和緊繩咒，悟空不會。那魔頭會，於是把悟空死死捆住，又搜出他身上的紫金葫蘆和玉淨瓶，便放心地大肆喝慶功酒。

悟空用毫毛變支鋼銼，銼斷繩子，又用毫毛變個假悟空，仍捆在那裡。然後跳出門外，在洞外叫陣。銀角大王帶上玉淨瓶走出，把瓶底朝天，瓶口朝地，叫聲：「**孫悟空！**」悟空應了一聲，只聽「嗖」地一下，就被吸進瓶子裡。兩個魔頭便立刻貼上符帖。

後來兩個魔頭想看看悟空有沒有化成膿水，揭開符帖往裡瞄了瞄，誰知悟空早變成小蟲，符帖一揭縫，他就溜了出來。兩個魔頭不知道，又貼上符帖，繼續喝酒作樂。

悟空逃出玉淨瓶，搖身變成小妖，侍候兩個魔頭喝酒。他乘機把玉淨瓶放進袖子，又用毫毛變個假的放著。

兩個魔頭正喝得高興，悟空又溜出門外，高聲大叫：「妖怪開門，孫悟空來也！」二魔滿不在乎，拿著假玉淨瓶就去應戰。

悟空一見，從袖中取出真玉淨瓶說：「你看！」銀角大王喝道：「少廢話，咱們比試比試，我先來。孫悟空！」悟空連答了八、九聲，也沒進金角大王的玉淨瓶。銀角大王正奇怪，悟空說：「該我了！銀角大王！」銀角大王剛一答應，就「嗖」地裝了進去。悟空大喜，貼上符帖，繼續罵陣。

金角大王大怒，手握七星劍，背插芭蕉扇，點起三百小妖，殺出洞來。悟空忙拔下一把毫毛，變成無數悟空。金角大王一看不好，急忙取出芭蕉扇，「呼啦」一下搧過去，立即烈火飛騰。

悟空見此惡火，轉身躲進蓮花洞，那老魔急忙追來。正在危急關頭，悟空忽見一道金光，原來是紫金葫蘆。悟空連忙把葫蘆口朝下，大叫：「金角大王！」老魔以為是小妖呼叫，就應了一聲，結果「嗖」地裝了進去，悟空連忙貼上符帖。

金角大王和銀角大王原是太上老君手下的司爐童子，偷了寶貝，下界為害。悟空捉住兩怪，送還太上老君後，唐僧師徒離開蓮花洞，又踏上西天取經路。

第六章　智降紅孩兒

一轉眼，唐僧師徒在取經路上已走了四、五個年頭。這天，他們過了烏雞國，又見一座高山，十分險峻。忽見山坳裡升起一朵紅雲，直沖雲霄，匯成一團火氣。悟空大驚，急叫：「有妖怪！」一把將唐僧推下馬，慌得八戒急揮釘耙，沙僧忙掄寶杖，把唐僧圍在當中。

原來這紅火真是妖怪。他聽說吃了唐僧肉能長生不老，就天天到山間等，今天終於等到了。但妖怪見唐僧三個徒弟有所準備，不能得手，就收了紅火，搖身變成一個七歲孩子，被麻繩綁了手腳，高吊在松樹梢上，淒淒慘慘地哭喊：「救命！救命！」

再說悟空見紅雲散盡，火氣全無，便說：「這紅火想必是個過路的妖怪，不敢傷人。我們走吧！」走在路上時，聽得陣陣呼救聲。唐僧抬頭一看，見一

個孩子吊在樹上哀求。唐僧忙叫八戒挑斷繩索，放下孩子。

一旁的悟空忍不住大喝一聲：「你少耍花招，有認得你的人在這裡！」妖怪知道他不好對付，就淚眼汪汪地說：「師父，我是好人家的孩子，怎麼會是妖怪？」唐僧要他上馬，妖怪說他腰胯疼痛，又說八戒毛硬，沙僧面惡，結果悟空呵呵笑道：「我背！我背！」

背上妖怪，悟空正想把他摔死，那妖怪早已察覺，只見他使個神通，往四下吸了四口氣，吹在悟空背上，悟空便覺有千斤重。悟空一怒，抓他往路邊石頭一摔。妖怪化為一道紅光，跳到半空，弄起妖風，捲走了唐僧。

悟空急忙抽出金箍棒一陣亂打，打出一群山神、土地神。只見他們個個面黃肌瘦，衣服披一片，掛一片。悟空奇怪地問：「你們怎麼弄成這副模樣？」

眾神哭訴說：「大聖，只因來了一個妖怪，弄得我們吃不飽、穿不暖。他還常抓我們燒火、看門、做苦工。」悟空問：「這妖怪有什麼來頭？」

眾神說：「他是牛魔王的兒子，母親是鐵扇公主。他現在住在枯松澗火雲洞內，乳名紅孩兒。」悟空聽了，對八戒、沙僧說：「兄弟們放心，師父決不會有事。那妖怪的爹是我的結拜大哥。」

悟空帶著八戒來到火雲洞口，他叫把門的小妖往裡通報：「他大叔齊天大聖來了，叫他快快送出唐僧來。」那紅孩兒聽了來報，冷笑一聲，手執丈八長的火尖槍，掄槍拽步，也沒穿什麼盔甲，赤腳出洞，高叫：「猴頭！不要胡言亂語，我和你是什麼親戚？」

孫悟空忙把當年和牛魔王結拜為兄弟之事述說一番。紅孩兒哪裡肯信，舉起火尖槍就刺。悟空掄棒罵道：「你這小畜生，不識高低，看棍！」二人打成一團，也不論親情，一個橫舉金箍棒，一個直挺火尖槍。八戒也抖擻精神，舉著九齒鈀，往妖精劈頭就砍。紅孩兒心驚，急收槍敗下陣來。

師兄弟二人追到洞門前，只見紅孩兒一手舉槍，站在五輛小車中間，念動咒語，就見他口中噴火，鼻裡冒煙，五輛小車立即火光湧出。頓時火雲洞前成了煙雲火海，慌得八戒、悟空趕忙逃走。

於是悟空請來四海龍王，決定以水滅火，齊向紅孩兒火光裡噴下雨來。瀟瀟灑灑，如天邊墜落星辰；密密沉沉，似海口倒懸浪滾。誰知紅孩兒放的是三昧真火，水不但潑不滅，反倒似火上加油，越潑越旺。四海龍王無功而返。

四海龍王喜助功，齊天大聖請相從。
只因三藏途中難，借水前來滅火紅。

悟空又親自上陣，捻著訣，鑽入火中。紅孩兒見悟空不怕火，便使勁朝他噴煙。悟空被燻得淚落如雨，吃不消，落入山澗。冷水一逼，弄得火氣攻心，三魂出竅，險些溺斃。上岸後渾身僵硬，駕不起筋斗雲，只得差八戒去請觀音菩薩。

豈料紅孩兒卻變作觀音，半路攔住八戒。八戒不知真假，被他帶回火雲洞，裝進袋中，吊在梁上。只聽他困在裡面受悶氣，痛罵妖怪長，妖怪短：「等我師兄大顯神威，收服你這潑妖，放我出去，管教你吃上我千耙！」

等了很久，不見八戒請菩薩來。悟空心知不妙，只得咬牙忍痛，來火雲洞前打探。他變作蒼蠅，叮在門上。果然，八戒已經被捉，那紅孩兒正在傳令，叫六健將去請老大王前來同吃唐僧肉。

悟空斷定老大王就是牛魔王，忙展翅飛走，半路，搖身變成牛魔王，又拔下幾根毫毛，變成小妖，在那裡牽犬張弓，裝作打獵。一會兒，六健將一頭撞來，連忙跪下：「爺爺！大王差小的們來，請老大王去吃唐僧肉。」

悟空大搖大擺來到火雲洞。紅孩兒叩頭道：「父王，孩兒昨日抓到唐僧。我聽人說，吃他一塊肉能長生不老，特請父王同享。」悟空忙說：「我兒，萬萬吃不得。他的大徒弟孫悟空神通廣大，莫惹他！」

紅孩兒說：「父王怎麼長他人志氣，滅孩兒威風！」悟空又說：「兒啊，我近來年老，你母親勸我吃素了。」這句話叫紅孩兒犯了疑，便問：「父王還記得孩兒的生日嗎？」悟空推說年老健忘，紅孩兒心知是假，舉槍就刺。悟空現出本相，哈哈笑著化作一道金光，去南海請觀音菩薩。

觀音菩薩來到，端坐在蓮花臺上。紅孩兒大喝一聲：「你就是孫悟空搬來的救兵嗎？」舉槍就刺。觀音菩薩化作一道金光升入空中。紅孩兒見蓮花臺光芒四射，十分喜歡，就學起菩薩，盤手盤腳在當中坐下。

只見觀音菩薩將淨瓶中柳枝往下一指，喝聲：「退！」頓時蓮台光彩全散，所有花瓣變成天罡尖刀，紅孩兒正坐在刀尖之上，兩腿血流如注，他卻咬着牙，忍着痛，用手將刀亂拔。菩薩見了，念聲咒，那天罡刀尖變做倒鈎。紅孩兒才慌了，扳着倒鈎刀尖，拔不去，痛聲哀求：「菩薩，弟子有眼無珠，不識你廣大法力。饒我性命，情願跟你修行。」

菩薩聽了，取出一把金剃刀，在紅孩兒頭頂剃了幾刀，說：「你今受戒，就稱善財童子，如何？」紅孩兒連忙點頭，只求饒命。

觀音降了紅孩兒。悟空救出師父和八戒，繼續西行。

★　★　★

唐僧師徒四人過了黑水河，來到車遲國界，看見城門外的空地上，許多和尚衣服破爛，模樣可憐，正在做苦工。悟空上前打探，才知此地二十年前久不落雨，家家戶戶燒香求雨，和尚們天天念經，都不管用。忽然，天降三位仙長：一個叫虎力大仙，一個叫鹿力大仙，另一個叫羊力大仙。這三個仙長呼風喚雨一時間救了眾生。朝廷怪和尚無用，就罰他們做苦工。

日落時分，唐僧師徒進城在智淵寺住下。半夜時，悟空睡不著，只聽得哪裡吹打，就悄悄爬起，跳在空中觀看。發現正南方三清觀燈燭明亮，三位仙長焚香禮拜，小道士們侍立兩邊奏樂。

悟空暗喜，叫醒八戒和沙僧，說城裡有座道觀，正在設壇祈福，案頭供獻新鮮，桌上齋筵豐盛。八戒饞的口水直流，兄弟三人縱雲去了。八戒看見燈光，就要下手，悟空連忙扯住：「等他們散了，才可下去。」

只見他吸一口氣，「呼」的吹去，一陣狂風，捲進那三清殿上，花瓶、燭檯一齊刮倒，滅了燈燭。眾道士膽戰心驚，仙長便叫徒弟們各自歸寢，明晨早起，多念幾卷經文補數。

眾道士散去。八戒馬上抓起供果，張口就啃。悟空又伸手扯住：「別急，咱們先變成這三尊神像的模樣，坐在上頭，安安穩穩地吃。」八戒覺得有理，扛起三尊神像，藏到其他廂房，再回來大快朵頤。

三人吃得正香，忽有一名小道士回來找遺落的手鈴，被果核滑了一跤，八戒忍不住哈哈大笑，把小道士嚇得三魂出竅，一步一跌，急忙去報告仙長。三位大仙急領眾道士來看，見殿上的三尊佛像並無二樣，但供品都被吃了。三仙以為聖尊降臨，受用了供品，於是抬缸端盆，齊聲禱告，想求些聖水金丹，好長生不老。

悟空大叫：「妖道，我們是大唐奉旨取經的僧眾，來此吃了供品，受了叩

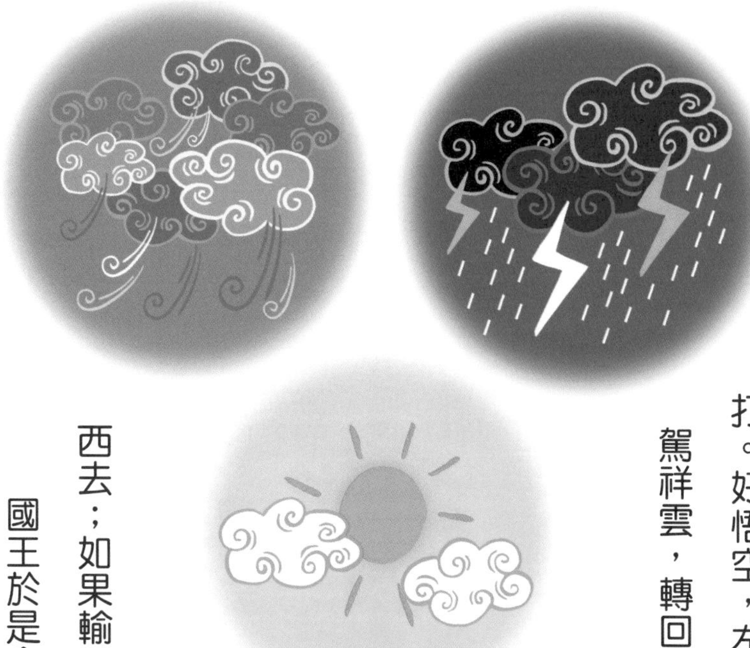

拜，無以報答。」三位仙長聽了惱怒，攔住門一齊動手往裡亂打。好悟空，左手夾了沙僧，右手夾了八戒，闖出門，駕祥雲，轉回智淵寺悄悄睡下。

隔日，唐僧師徒入宮換取出關通行證，黃門官來奏：「三位國師到。」三位仙長和國王細說昨晚之事，國王大怒，忽又眼珠一轉，說：「唐僧師徒聽著，你們冒犯國師，本當問斬，朕暫且饒你們，讓你們和國師賭一賭求雨。如果贏了，就放你們西去；如果輸了，就將你們殺頭示眾。」

國王於是命人搭好求雨臺。虎力大仙第一個上臺：「看我權杖，一聲響，風來；二聲響，雲起；三聲響，電閃雷鳴；四聲響，雨到；五聲響，雲散雨收。」

悟空忙拔根毫毛，變個假悟空站在那裡，真身跳到半空，將司風的、布雲的以及雷公電母、四海龍王都吩咐了一遍，要他們只聽自己金箍棒的號令。眾神連忙答應。

虎力大仙見求雨不成，就推說眾神不在家。悟空高聲叫道：「陛下，看俺老孫的。」縱身上了高臺，將金箍棒向空中一舉，風起；二舉，雲湧；三舉，電閃雷鳴；四舉，大雨傾盆；五舉，雲開日出。

國王看悟空手段高強，正要把出關通行證給唐僧，三個仙長又攔住說：「我們和他賭坐禪。」國王答應，並命人用桌子搭起兩座禪台。

只見虎力大仙將身一縱，踏一朵祥雲，上了西禪台。悟空拔一根毫毛，變個假身，留在下面，真身化作五色祥雲，把唐僧托到東禪台坐下。下面的鹿力大仙見兩人好久不分勝負，從腦後拔了一根短髮，彈上去，變成大臭蟲，咬住唐僧。唐僧疼癢難忍，又不敢動手。悟空見狀，搖身變成蜜蜂，打落臭蟲。然後，他又變條七寸長的蜈蚣，叮住虎力大仙的鼻凹，疼得他摔下禪台。

鹿力大仙不甘，又要求隔板猜物。於是國王傳旨，把抬上櫃子。一連三次，悟空都變作飛蟲鑽進櫃子，把一套宮服變成一口鐘、把桃子啃成桃核，再將道童改成和尚，讓對方猜不中，勝了大仙。

三個仙長仍不肯善罷甘休，又要比砍頭剖腹、下滾油鍋洗澡。悟空大笑，誇說自己：

砍下頭來能說話，剁了臂膊打得人。
斬去腿腳會走路，剖腹還平妙絕倫。
就似人家包匾食，一捻一個就囫圇。
油鍋洗澡更容易，只當溫湯滌垢塵。

劊子手上來，「颼」地一刀砍下悟空的頭，又一腳踢出去，好似西瓜一般，滾了三、四十步遠。但見悟空脖子不出血，肚裡叫聲：「頭來！」鹿力大仙忙念動咒語，命土地神按住悟空的頭，悟空喝聲：「長！」脖子上又長出一個頭，嚇得眾人心驚膽戰。

輪到虎力大仙，劊子手砍下他的頭，一腳踢出三十多步。他脖子也不出血，也叫：「頭來！」悟空急忙拔下一根毫毛，變作一隻黃狗，一口叼起他的頭，丟進禦水河。虎力大仙現出真形，只見一隻無頭的黃毛虎。

國王大驚失色，鹿力大仙仍堅持要比剖腹。悟空於是剖腹掏腸，又照舊安放回去，再吹口氣，叫聲：「長！」又見肚皮長合。鹿力大仙也不含糊，剖開肚腹，拿出肚腸。誰知悟空拔一根毫毛，變一隻餓鷹，把他的五臟六腑盡數抓去，不知飛向何方。這大仙立刻變成一隻空腔破肚的白毛角鹿！

羊力大仙忙衝上來，要和悟空比下滾油鍋洗澡，為師兄報仇。國王便讓人支起一口大鍋，油燒滾後，悟空先下。看他翻波鬥浪，像玩水一般，毫毛無損。

隨後，羊力大仙也跳下油鍋洗浴。悟空念動咒語，那大仙在滾油鍋裡打滾，很快的骨脫、皮焦、肉爛，被炸成一堆白花花的羚羊骨頭。

國王見死了三個妖怪，這才醒悟，急忙給了出關通行證，讓唐僧師徒繼續往西取經去。

第七章　三借芭蕉扇

唐僧一行正走著，路邊忽閃出三十多人，個個槍刀棍棒，悟空看是夥強盜，便一棒一個，一下子就打死好幾個。唐僧心生不悅，絮叨個沒完。第二天，逃走的強盜又趕來報仇，悟空手起棍落，照樣打得他們死的死，傷的傷。

唐僧大驚失色，口中直念緊箍咒，悟空勒得面紅耳赤，滿地打滾，疊聲地叫：「莫念！莫念！」唐僧說：「你這潑猴，打死了這麼多人，又屢勸不聽，要你何用？快走！」

悟空滿肚子委屈，駕起筋斗雲，到南海找觀音菩薩。菩薩勸說：「強盜雖然為惡不良，可是罪不至死。打死妖魔鬼怪，是你的功績。打死不該死罪的人，就是你的不仁。」悟空含淚叩頭，表示願意將功折罪。

再說唐僧趕走了悟空，師徒三人向西走了四、五十里，仍然全是山嶺，不

見人家。唐僧饑渴難忍，叫八戒和悟淨去化齋取水。他正等得著急，忽見悟空跪在路旁，雙手捧著瓷杯說：「師父，沒有老孫，你連水也喝不上！這杯涼水，你喝。」

唐僧說：「我渴死也不喝你的水！」悟空說：「沒我你去不了西天。」唐僧喝道：「去不去得不干你事！」那悟空變了臉，一棒打在唐僧的背上，提起包袱，駕筋斗雲不知去向。

八戒捧著水，沙僧兜著飯，歡歡喜喜回來，發現唐僧暈倒在地。八戒慌得捶胸頓足：「一定是那夥強盜打殺師父，搶走了行李。」一會兒，唐僧呻吟醒來，把悟空打他的經過說了一遍。

沙僧來到花果山，看見悟空高坐石臺上，上前行禮，懇求送還行李。悟空冷笑道：「我打唐僧，搶行李，是要自己上西天拜佛求經，送回東土，萬代傳名。」說完，叫聲：「小的們，快請取經人出來。」

眨眼，一群猴牽出一匹白馬，請出一個唐三藏；跟著一個八戒，挑著行李；

一個沙僧，拿著錫杖。沙僧大怒：「哪裡又來一個沙和尚？吃我一杖！」說著舉起降妖杖，劈頭把假沙僧打死，原來是個猴精。

那悟空惱了，掄金箍棒，率眾猴把沙僧圍住。沙僧東衝西撞闖了出來，縱雲直奔南海，見過觀音菩薩，抬頭正想告狀，忽見悟空站在旁邊，就二話不說，舉杖劈臉朝悟空打來。

這悟空不回手，側身躲過。沙僧口裡亂罵道：「你這個造反的潑猴，又來欺瞞菩薩！」菩薩連忙喝住。沙僧氣沖沖地細說前因後果，菩薩合掌道：「悟空到此，已有四日，我不曾放他回去，哪有此事？」於是菩薩讓悟空和沙僧同去花果山一看究竟。

悟空和沙僧來到花果山，果然看見一個和自己長得一模一樣的美猴王，高坐石臺上，與群猴飲酒作樂。悟空大動肝火，上前罵道：「你是何等妖邪，敢變成我的相貌，居住我的仙洞，這般作威作福？」兩悟空相見，怒從心起，各踏雲光，一場好殺，一直打到南海。

兩條棒，二猴精，這場相敵實非輕。
都要護持唐御弟，各施功績立英名。
蓋為神通多變化，無真無假兩相平。
先前交手在洞外，少頃爭持起半空。

菩薩出來，暗念緊箍咒，結果兩個一齊喊疼，都抱著頭打滾。觀音無奈，便說：「你當年大鬧天宮時，神將都認得你。你上天宮去分辨吧。」

二人拉拉扯扯，又鬥到靈霄寶殿玉帝面前。玉帝命托塔天王用照妖鏡照，誰知鏡中仍是兩個悟空的影子。兩人於是又揪頭抹頸，打出天門，直來到西天靈山大雷音寺，如來佛祖見兩個孫悟空打來，只道：「這假悟空乃是六耳獼猴，善於模仿聲音相貌，故能與真悟空同音又同相。」

那獼猴見如來說出自己的本相，膽戰心驚，搖身變成蜜蜂，往上就飛。如

來將金鉢盂投下，蓋住蜜蜂。眾神揭開一看，果然是一隻六耳獼猴。

★　★　★

唐僧得知真相，收了悟空，繼續趕赴西天。四人越走越覺得熱氣蒸人，唐僧勒住馬，要悟空去向人打聽，才知前面是八百里火焰山，周圍寸草不生，傳說就是銅頭鐵身過山，也得化成汁！唐僧聽了大驚失色。

這時見有人推車賣糕，悟空上前問：「天這麼熱，寸草不生，五穀不結。你這糕粉從哪裡來？」賣糕的說：「求鐵扇仙唄！她那芭蕉扇，一搧熄火，二搧生風，三搧下雨，我們正好播種收割。」

悟空沿路打聽鐵扇仙的住處，經人指點：「此地西南，有座翠雲山，她就住在芭蕉洞內。」悟空一筋斗翻到翠雲山，遇一樵夫，忙問：「老哥，山上可有鐵扇仙的芭蕉洞？」

樵夫笑說：「有芭蕉洞，但無鐵扇仙，只有個鐵扇公主，又名羅剎女。她是牛魔王的妻子。」悟空聽了大驚，心想真是冤家路窄，但也只得硬著頭皮上門借扇。

那羅剎女一聽人通報「孫悟空」三個字，便怒火沖天，惡狠狠罵道：「這潑猴，終於來了！」於是手持兩口青鋒寶劍，出洞高叫：「孫悟空何在？」悟空忙上前躬身行禮：「嫂嫂，老孫這廂有禮了。」

鐵扇公主罵道：「誰是你嫂子？」悟空說：「牛魔王當年與老孫結拜，怎能不稱嫂嫂？」公主又罵：「潑猴，既有兄弟之親，為何害我兒子？」悟空賠笑說：「嫂嫂錯怪老孫了。令郎捉了我師父，要吃唐僧肉，我才請觀音菩薩收了他。如今在菩薩處當善財童子，你不謝我老孫，反倒怪我，是何道理？」

公主說：「這樣我幾時才能見他一面？」悟空笑著說：「不難。你把扇子借俺老孫搧熄了火，送我師父過去，我就到觀音處請他來見你。」

公主喝道：「潑猴！伸過頭來，等我砍上幾劍。如果受得住，就把扇子借你。」說完，雙手掄劍，朝悟空頭上乒乒乓乓砍了數十下。悟空卻毫不在乎。公主抵賴不借扇，回頭就走。悟空喝道：「既不肯借，吃你老叔一棒！」公主見鬥不過悟空，便取出芭蕉扇，晃一晃，一搧陰風，把悟空搧得無影無蹤。

那大聖飄飄蕩蕩，如旋風翻敗葉，滾了又滾，最後落在了小須彌山。此地靈吉菩薩了解來龍去脈後，送他一粒定風丹。悟空又來到芭蕉洞口。鐵扇公主聽他用鐵棒打著洞門，心裡發慌：「我的寶貝，搧人八萬四千里方能停止，他怎麼一去就回？這次我要連搧他兩三扇，讓他找不著歸路！」

鐵扇公主取出扇子，朝悟空搧了一搧，悟空巍然不動。公主見勢不妙，急收寶貝，回洞緊緊把門關上。悟空搖身一變，變個飛蟲，從門縫鑽了進去。只聽公主叫道：「渴了！渴了！快拿茶來！」侍女忙將一壺香茶斟滿一碗，沖起茶沫，悟空暗喜，「嚶」地一翅，飛在茶沫之下。

公主接過茶，兩三口喝完。悟空一進她的肚子，就高聲叫道：「嫂嫂，快借扇子讓我使使！」公主大驚，忙問：「孫悟空，你在哪裡？」悟空回答：「在你肚子裡呢！」說著，拳打腳踢，公主疼得坐到地上，連喊：「饒命！扇子借你，你快出來！」

悟空現了本相，拿了扇子，與師父、師弟同往火焰山。悟空來到火邊，舉扇盡力一搧，只見火光烘烘騰起；再一搧，火光百倍；又一搧，那火足有千丈之高。師徒四人急退二十多里，才避開烈火。

大家正煩惱，火焰山土地神現身，說：「大聖要借真扇子，只有去找牛魔王。」悟空於是順著指點，來到積累山摩雲洞，上前行禮，說：「大哥！小弟保唐僧西天取經，被火焰山阻擋，想借大嫂芭蕉扇一用。特來請大哥幫忙。」牛魔王喝道：「你害了我兒，我怎能饒你？看棍！」

二人戰成一團。牛魔王漸居下風，忽然有人來請牛魔王赴宴。牛魔王藉機脫身，忙說道：「潑猴，今天不打了，老牛吃酒去也。」說完，便騎上避水金睛獸，來到亂石山碧波潭龍王府。悟空變成一陣清風趕上，見那獸拴在門外，便偷了那獸，又變成牛魔王的樣子，直奔芭蕉洞。

公主一開門，見牛魔王回來，高興地擺酒設宴。悟空假裝關心，讓她藏好寶貝。公主已經半醉，不在乎地說：「放心，在我嘴裡放著。」說著，從口中吐出一個杏葉大小的扇，念一聲口訣，扇子立即長一丈二尺。公主將扇子遞給悟空，哪知他把臉一抹，現了本相，氣得公主差點兒暈過去。

再說牛魔王喝完酒，出門不見避水金睛獸，知道一定是被悟空偷去，馬上直奔芭蕉洞而來。公主一見牛魔王，捶胸頓足，哭訴被騙經過。牛魔王忿而拿了公主的兩把青鋒寶劍，衝往火焰山而去。

悟空一路得意忘形，又扛著大芭蕉扇，不會變小，走得慢了，被牛魔王追上。這老牛心想不能硬搶，就變成八戒的嘴臉，來幫悟空扛扇。他一騙回芭蕉扇，便把它變小藏在口中，然後現出本相。悟空後悔不已，也不多話，舉棒就打。牛魔王掄雙劍就砍，兩人在半空廝殺起來。

這裡唐僧不見悟空回來，讓八戒去找悟空。半路，八戒忽聽得喊殺聲高，狂風滾滾，急忙趕到，舉耙亂打。牛魔王招架不住，現出原身：一頭大黃牛，身長千餘丈，高八百丈。

只見悟空把腰一躬，喝聲「長！」，眨眼身高萬丈，舉起鐵棒，朝牛頭打來。兩人大展神通，撼嶺搖山，驚天動地。驚得一切神眾，前來助悟空，老牛吃了敗仗，只得討饒，吐出芭蕉扇。

悟空接了寶扇，走近火焰山邊，盡力一搧，熄了大火；二搧，吹來清風；三搧，下起細雨；後又連扇四十九下，火害永滅。悟空將芭蕉扇還給鐵扇公主，師徒四人繼續向西而去。

火焰山遙八百程，火光大地有聲名。
火煎五漏丹難熟，火燎三關道不清。
時借芭蕉施雨露，幸蒙天將助神功。
牽牛歸佛休顛劣，水火相聯性自平。

第八章　盤絲洞女妖

師徒四人風塵僕僕來到朱紫國。他們在大街上行走，兩邊做買賣的，看見豬八戒相貌醜陋，沙和尚面黑身長，孫悟空毛臉窄額，都丟了買賣，擠來看稀奇。唐僧忙說：「不要闖禍，低著頭走！」就這樣好不容易到旅店住下。唐僧進朝領取出關通行證，悟空、八戒和沙僧安排齋飯。

由於沒有油鹽醬醋，悟空和八戒便拿了碗盞，上街去買。兩人說著話，不覺到了鼓樓下。只見無數人喧嚷，擠擠挨挨。原來是爭看皇榜。說是國王久病不起，正招天下名醫。悟空使個隱身法，輕輕上前揭了榜，又吹口仙氣，把皇榜落在八戒懷裡，自己先回去了。

看守皇榜的校尉追來找去，忽見八戒懷中露出紙邊，上前扯住說：「你揭了招醫的皇榜，還不進宮給國王看病去？」八戒慌了手腳，說：「你才揭了皇

榜哩！」校尉說：「那你懷裡揣著什麼？」八戒低頭一看，咬牙說：「那猴頭又害我了！」說著，領著校尉回旅店找悟空。

悟空果然認帳，進了宮，診了脈，說國王的病是驚恐憂思。國王聽了，滿心歡喜，大聲說：「準、準、準！」當晚，悟空製藥。第二天，國王吃下藥丸，不久腹中作響，連瀉三、五次後，又喝了些米湯，慢慢精神抖擻，腳力強健。

國王康復，設宴酬謝，說起三年前的遭遇：

「那年五月端陽，朕與王后正在禦花園看鬥龍舟，忽然一陣風至，半空現出一個妖怪，自稱賽太歲，說他住在麒麟山，要帶王后去做他的壓寨大人。如果不肯，他就先吃朕，後吃眾臣，再吃百姓。

「朕實在無奈，就將王后送出，嘩啦一聲被妖怪抓去。寡人為此受驚，端午節吃的粽子滯留在肚子裡，加上日夜憂愁，就得了此病。如今身體好了，但心病未除。而且那妖怪還常來索要宮女，這禍害不知何時才能了結！」

正說著，正南方向傳來呼呼風響，接著是播土揚塵。悟空踏祥雲跳到空中，喝道：「你是哪方妖邪？」只見迎面是一個赤腳蓬頭鬼，高聲答道：「我是賽太歲部下先鋒，到此取兩名宮女，服侍王后。你是何人，敢來問我？」

悟空說：「我乃齊天大聖孫悟空。你們這夥邪魔欺主，我正沒處尋，你倒送上門來！」那鬼怪不知好歹，展長槍就刺悟空。悟空舉棒劈面相迎，把銀槍打成兩截，慌得鬼怪撥轉風頭，往西敗走。

悟空也不追趕，他要八戒、沙僧好好保護師父，又向國王討了一件王后留在宮中的心愛物件，就騰雲駕霧，直奔麒麟山。

路上遇到一個小妖，扛著黃旗，敲著鑼，疾步如飛。悟空搖身變作道童，迎上去行禮道：「長官，哪裡去？送的是什麼？」小妖笑嘻嘻地還禮，一五一十告訴他：「賽太歲大王差我到朱紫國下戰書。因為先鋒去要宮女服侍，被一個什麼孫悟空打敗，我們大王十分惱火。那王后也真是的，來了後就穿著一位神仙送的五彩仙衣，渾身上下都生了針刺，大王摸也不敢摸她一下，就拿宮女出氣，殺了一個又一個。」

小妖還在嘮叨，悟空抽棒擊斃他，再變成小妖模樣，敲著鑼，扛著旗，裝作下了戰書回來。進了洞，悟空去見王后，說了前因後果，又奉上王后留在宮中的心愛物件，王后見了淚如雨下。

悟空忙問妖王有什麼寶貝，王后說：「他有三個紫金鈴，第一個晃一晃，有三百丈火光燒人；第二個晃一晃，有三百丈煙火熏人；第三個晃一晃，有三百丈黃沙毒人，鑽入鼻孔，就傷性命。」

悟空歎道：「厲害！不知他的鈴兒放在何處？」王后說：「他總是帶在腰間，從不離身。」悟空眼珠一轉，對王后說了一條妙計，王后點頭同意。

於是悟空又變成小妖，跑去報告賽太歲，說王后終於回心轉意，特意請大王去喝酒。妖王大喜，喝得糊里糊塗，竟把三個

紫金鈴交給王后賞玩。悟空悄悄走到王后身邊，輕輕拿過紫金鈴，溜出門外。見四下無人，悟空拿出鈴兒看，不小心晃了一下，只見煙火黃沙迸出，驚動了妖王追出。悟空慌了手腳，丟了紫金鈴，現出本相，抽出金箍棒，一頓亂打。那妖王收了寶貝，傳令眾妖關緊門戶，搜尋悟空，又轉身回去找王后。

悟空見難以脫身，收了棒，搖身變成蒼蠅，「嚶」的一聲飛到王后身邊，然後變成侍女春嬌，和王后一唱一和，左一杯右一杯，哄得妖王眉開眼笑。最後趁妖王不注意，將紫金鈴藏在懷裡，再用毫毛變個假的，遞給妖王。然後隱身跳到洞外，厲聲高叫：「賽太歲，還我王后來！」

妖王一聽，怒氣沖沖帶著假紫金鈴出門迎戰。他倆大戰五十回合，不分勝負。妖王急了，從腰間摸出鈴兒來，一搖，無火，二搖，無煙，三搖，無沙。卻見悟空也摸出一模一樣的三個鈴兒，一齊搖起，紅火、青煙、黃沙一道滾出，大火漫山遍野，濃煙滿天滾滾，黃沙鋪天蓋地。嚇得賽太歲魂飛魄散，走投無路。

悟空正要一棒打死他，忽聽半空中有人高喊：「孫悟空！我來也！」原來是觀音菩薩，賽太歲是她的坐騎金毛犼，特來收回。悟空將王后送回朱紫國，國王和王后終於團聚，千恩萬謝了唐僧師徒，又親自送他們出城去。

★　★　★

唐僧師徒別了朱紫國王，又走過無數道山，涉過無數條河，忽然看見一戶人家。唐僧滾鞍下馬，說今日人家就在眼前，要自己去化一個齋來。大家攔阻不成，就取出紫金缽盂，讓他去了。

唐僧走過小橋，見數間茅屋，窗前有四個女子在做針線。屋後一座木香亭，亭下有三個女子在踢球。他看來看去，不見任何男子，猶豫了好一會兒，才上前合掌行禮，並大聲說：「女菩薩，貧僧路過這裡，請佈施些齋飯吃。」

那些女子聽了，笑吟吟出門迎接：「長老，失迎了，請裡面坐。」唐僧隨著眾女子進了屋，又走過木香亭，發現後面不見房屋，唯有岩石高聳。這時，一個女子上前，推開岩壁上兩扇石門，請唐僧裡面坐。

唐僧進去，見都是石桌、石凳，冷氣陰森，暗想此地凶多吉少，但也沒辦法，只得坐了。眾女子笑嘻嘻地問：「長老，從何而來？」唐僧說：「我是東土大唐差去西天大雷音寺求經的。」

眾女子聽了連叫：「好！好！好！不可怠慢，快準備齋飯來。」於是三個女子陪著說話，四個女子到廚房刷鍋做飯，一會兒捧上兩盤「齋飯」，竟是人肉麵筋和人腦豆腐。

唐僧嚇得心驚肉跳，欠身合掌道：「女菩薩，貧僧吃素。」說著掙扎要走。那幾個女子立刻變了臉，把唐僧按住，用繩子捆了，高高吊在梁上。然後，就看那些女子脫下衣衫，露出肚皮，各顯神通：一個個肚臍眼裡冒出絲繩，汩汩而出，織成一張大網，把屋門封住。

再說八戒、沙僧在大路邊放馬看擔，悟空正跳樹攀枝，摘葉尋果，忽回頭看見一片光亮，慌得跳下樹來，大叫：「不好了！師父有難了！」好大聖，拿著金箍棒，三步並作兩步跑上前去，看清那銀白色絲繩，縱橫交錯織成大網，有千百層厚。用手按按，有些黏軟。悟空舉棒想打，又想萬一驚動了妖怪，纏住自己，反而不好，於是住了手。

大聖念動咒語，喚來本地土地神。土地神告訴他，此地叫盤絲嶺，嶺下有個盤絲洞，洞裡有七個女妖精，常到三里外的濯垢泉去洗澡。悟空搖身變成一隻蒼蠅，停在路邊草梢上等著。

一會兒，果然聽見呼呼聲響，就像大海漲潮一般，絲繩收去，又現出屋舍莊院。接著，「呀」的一聲，門開了，走出七個美麗的女子，嬉鬧著手牽手過了小橋，說洗了澡回來，要蒸煮那又白又嫩的和尚吃。悟空明白，師父已讓她們捉去了。

趁七個女妖洗澡的機會，悟空搖身變成老鷹，「呼」的一聲躥下來，張開利爪，把衣服全都抓了去。然後他現出本相，提著衣服來見八戒和沙僧，說了剛才的情況。八戒自告奮勇要去捉妖怪，一路跑到濯垢泉邊。只見七個女妖蹲在水裡，正亂罵那鷹哩。

八戒聽了好笑，舉耙喝道：「妖怪，我師父豈是讓你們蒸來吃的？趕快伸出頭來，吃我一耙！」說著舉耙亂打，慌得那七個女妖跳出水來作法：從肚臍眼裡冒出絲繩，鋪天蓋地織了張大絲網，把八戒罩在當中。

八戒急抽身往外走，但滿地絲繩絆腳，左邊去，一個面磕地；右邊去，一個倒栽蔥，跌得身麻腳疼，頭暈眼花，爬也爬不動，躺在地上呻吟。

七個女妖趕緊跑回盤絲洞，念動咒語，把絲繩收回肚裡，又叫出七個乾兒子：蜜蜂、螞蜂、蠦蜂、牛虻、抹蠟、斑蝥和蜻蜓。女妖讓他們趕快出門擋一擋，然後到西邊黃花觀和她們相會。

再說八戒跌得頭昏腦漲，好不容易才一步一挨地爬起來，忍著痛找回原路。

三兄弟怕妖怪回洞加害師父，急忙趕來。只見石橋上七個飛蟲小妖擋路，個個張牙舞爪，亂打亂咬撲。

八戒本已十分氣惱，便發了呆氣，舉耙亂打。飛蟲小妖現出本相，飛起來，叫聲「變！」，眨眼一變十，十變百，百變千，鋪天蓋地，撲頭撲臉，把八戒渾身上下叮得數十層厚。八戒慌得大叫。

悟空忙說：「沒事！我自有辦法！」只見他拔一把毫毛，嚼得粉碎，噴出去，變成許多黃鷹、麻鷹、白鷹、魚鷹都來啄蟲，一會兒就把飛蟲吃完了。三兄弟這才闖入洞內，見師父正吊在那裡呢！他們救下師父，找不著七個女妖，就放火燒了妖洞，繼續趕路。

走了二十來里，師徒四人看到一處金碧輝煌的樓閣，門上嵌著「黃花觀」三個大字，就進去歇腳。老道士把他們領進大殿，又命小道童泡茶。原來，這個老道士是盤絲洞女妖投奔的師兄。他將有毒的紅棗放入茶中，唐僧、八戒和沙僧喝了茶，全暈倒在地，唯獨悟空見紅棗怎是黑的，沒有喝。

悟空一見師父、師弟中毒，舉棒就打，老道急忙取寶劍迎戰，七個女妖也一擁而上，敞開懷，想用肚臍中冒出的銀絲來罩悟空。悟空變出七十個小悟空，一齊用棒絞那絲繩，終於拖出七個大蜘蛛。老道士見狀，遁逃而去。

好悟空，一棒打死七個蜘蛛精，又來追老道士。那老道士本是個百眼魔君，又喚做多目怪，脫去衣服，露出肋下的千隻眼，發出金光，把大聖困在金光影裡，向前不能舉步，退後不能動腳，似在個桶裡亂轉一般。

悟空絞盡腦汁，好不容易想得辦法，念個咒語，搖身一變，變做個穿山甲，硬著頭，往地下一鑽，鑽了二十餘里，方才出頭。在此遇上黎山老母化身老婦，指點他去紫雲山千花洞，請來了毗藍婆。

這毗藍婆取出一枚用太陽光煉成的繡花針，往空拋去，破了金光。毗藍婆又給悟空三粒解毒丹，救活唐僧、八戒和沙僧，然後收了道士駕雲去了。原來，毗藍婆是母雞精，老道士是蜈蚣精，一物剋一物，所以能將他收伏。

第九章　勇闖獅駝嶺

唐僧師徒放馬西行，又遇見一座高山，直插雲霄。忽見一個白髮飄飄的老人，手持龍頭拐杖，遠遠站在山坡上高呼：「此山叫做獅駝嶺，中間有座獅駝洞，洞裡有三個魔頭，四萬八千小妖，專在此吃人，各位小心！」說完化道金光，原來是太白金星特來報信。

悟空於是吩咐八戒用心保護師父，沙僧好好看守行李馬匹，自己先上嶺打聽。好大聖，呼哨一聲，縱筋斗雲，跳上高峰。忽聽山背後叮叮噹噹聲響，回頭看，原來是個小妖，扛一杆令旗，敲著梆子，搖著鈴，口中念叨：「我等巡山的，要謹慎提防孫悟空，他會變蒼蠅！」

悟空一驚，正要取棒來打，卻又停住，暗想：「待我問出三個老魔頭有多大本事，再動手不遲。」於是讓那小妖先行幾步，轉身也變作一個小妖，敲梆

搖鈴，趕上前叫道：「走路的，等我一等。」

那小妖在前頭走，大聖在後頭跟。他倆一路走，小妖一路吹噓：「我們老大王身能變化，大能撐天，小如菜子；二大王丹鳳眼，扁擔牙，鼻似蛟龍；三大王隨身的陰陽二氣瓶，一時三刻就能把人化為漿水！」悟空探明情況，抽棒擊斃小妖，自己來到獅駝洞。

悟空看到數萬小妖，揮刀舞劍，在洞前操練，就嚇唬他們說：「孫悟空在石崖上，磨一根碗口粗細的大棒，口中還念道，先打死門前一萬小妖，再殺三個魔頭祭棒。」

眾小妖一聽，個個心驚膽戰，魂飛魄散。老妖忙命小妖關上洞門。悟空又嚇唬說：「那孫悟空會變成蒼蠅，從門縫裡飛進。」說著，偷偷拔一根毫毛，吹口仙氣，變作一隻金蒼蠅飛起，向老妖劈臉撞去。

老妖慌得大叫：「不好！孫悟空進門來了！」驚得大小妖怪，個個持耙拿帚，上前亂撲蒼蠅。悟空忍不住笑起來，露出原來嘴臉。三怪一眼認出，急命小妖拿繩，捆住悟空，投入陰陽二氣瓶裡。

這瓶子果然厲害，一會兒烈火燒，一會兒毒蛇咬，悟空左衝右突，不但出不去，而且身上的皮毛幾乎燒軟了。危急關頭，忽想起菩薩當年曾賜救命毫毛，即伸手摸向腦後三根毫毛，仍十分挺硬，咬牙忍痛拔下，變作金剛鑽，朝瓶底「嗖嗖」鑽了一個眼孔，自己變成小蟲子飛出來。

三個魔頭喝了一會兒酒，想看看瓶裡的悟空化漿水了沒有，揭蓋一看，只見瓶底透亮。悟空現出本相，一路大笑，跳出洞門找師父去了。

唐僧聽悟空說了探山的經過，便讓八戒和悟空一起去捉妖。那八戒抖擻神威，和悟空縱狂風，駕雲霧，來到獅駝洞口叫戰：「妖怪開門！快出來與老孫打耶！」老妖披袍提刀出洞，一聲吆喝如雷震，喝道：「孫悟空，你若禁得起我三刀，就讓你師父過去。否則，我就要吃他的肉！」真是好一個怪物：

鐵額銅頭戴寶盔，盔纓飄舞甚光輝。
輝輝掣電雙睛亮，亮亮鋪霞兩鬢飛。
勾爪如銀尖且利，鋸牙似鑿密還齊。
身披金甲無絲縫，腰束龍條有見機。
手執鋼刀明晃晃，英雄威武世間稀。

悟空聽了笑道：「說話算數！」那老妖抖擻威風，丁字步站定，雙手舉刀，往悟空劈頭就砍，只聽「卡嚓」一聲，悟空頭皮紅也不紅。那老妖又砍，大聖把頭一迎，身子乒乓劈做兩半；打個滾，變做兩個大聖。那妖一見慌了。好大聖，把兩半身摟上來，打個滾，依然一個身子，揮棒劈頭就打，老妖忙舉刀架住。一旁的八戒揮耙相助，老妖敗陣，現出原形，原來是一頭青毛獅子。

只見獅精張開大口，要吞八戒。八戒害怕，忙竄進草叢，悟空卻一頭撞來，

被獅精一口吞進肚內。八戒嚇得不得了，氣喘吁吁地跑回去，哭哭啼啼說了悟空的遭遇。唐僧一聽，放聲大哭。

再說老妖吞了悟空，歡天喜地跑回報功。哪知悟空在他肚裡折騰起來，疼得他求生不得，求死不能，連聲討饒。悟空正要出來，忽聽二怪悄悄說：「大哥，等猴頭出來時，你用牙齒咬死他！」

悟空連忙停下，把金箍棒向外伸去。老妖果然一口咬下，「卡嚓」一聲，門牙崩得粉碎。悟空又拔一根毫毛，吹口仙氣，變成一條繩子，拴在老妖的心上，順著繩子，爬到他的鼻孔裡。老妖只覺鼻子發癢，哈啾一聲，打了個噴嚏，迸出悟空，一手扯著繩子，一手拿著鐵棒。

三個魔頭一擁而上，悟空縱身跳到半空，雙手用力一拉繩子，把老妖摔下山坡。二怪、三怪見了慌忙求饒，老妖也磕頭道：「大王慈悲，饒我性命，願送老師父過山！」悟空這才收手，回來找師父。

誰知三個魔頭回洞後，二怪心中不服，帶了三千小妖，又來找悟空叫戰。悟空叫八戒先去迎戰，八戒卻被二怪的長鼻捲住，捉進洞去。悟空見了，搖身變成小蟲子，叮在八戒的耳朵上，一起進了洞。

趁三個魔頭不注意，悟空解下八戒，二人一頓棍耙，打出妖洞。二怪急忙提槍趕來，撩開長鼻捲住悟空的腰。悟空就勢把鐵棒捅進妖怪的鼻子，二怪疼得一甩鼻子，被悟空轉手揪著鼻子，用力一拉，疼痛難忍，跪下求饒，答應抬轎送唐僧過山。

魔頭們並未死心，決定將計就計，先由二怪帶小妖，八人抬轎，八人喝路，送唐僧過山。走了約四百里，悟空聽耳後風響，三個魔頭蜂擁而上。唐僧師徒措手不及，一齊被妖怪抓去。

老妖回洞後吩咐：「把四個和尚蒸熟了」。悟空忙拔下毫毛，變成假悟空下蒸鍋，真身跳入雲端，請來北海龍王，護住鍋底，保住大夥性命。

等到三更半夜，妖怪們都睡了，悟空用瞌睡蟲打發了燒火的小妖，師徒四人挑擔牽馬，奔後城門而去。三個魔頭突然驚醒，舉著燈籠火把，刀槍簇擁追了上來。一場混戰，除悟空逃走外，唐僧、八戒和沙僧又被捉了回去。

悟空趕回獅駝城，卻聽說唐僧被魔頭們吃了，心如刀絞。他縱身跳到山上，放聲大哭。好半天才停下來，心想：「都是那如來坐在極樂世界，沒事找事，弄個三藏西天取經！沒想到歷經千辛萬苦，到此喪命！罷！罷！罷！我找如來去！」說著駕起筋斗雲，直奔如來佛祖。

才知，老妖是文殊菩薩的坐騎青獅，二怪是普賢菩薩的坐騎白象。於是如來率眾菩薩，來到獅駝城。老妖、二怪見了主人，急忙現出本相。只有那三怪金翅雕不服，展翅伸爪來抓悟空，如來往上一把揪住翅膀，用仙法收服。

悟空向如來叩頭說：「佛爺，你今收了妖精，除了大害，只是我沒了師父。」大雕咬著牙恨道：「潑猴！你那老和尚我幾曾吃了他，如今不還在那錦香亭的鐵櫃裡？」悟空聽了，滿心歡喜，急去救出師父和師弟。

★ ★ ★

這天，唐僧師徒進了一座城池，只見街道整齊，家家戶戶門口放著一只鵝籠，用五彩緞幔遮蓋，悟空發現鵝籠裡面都有一個小男孩，大的不滿七歲，小的只有五歲。唐僧覺得奇怪，向人打聽。

那人悄聲地說：「我們比丘國近來又叫小子城。三年前，一個道士帶著一個十六歲的美貌女子獻給國王，國王對她十分寵愛，還封道士為國丈。現在國王身瘦神倦，命在旦夕，國丈說他有海外秘方，能延年益壽，只是藥引子十分厲害，要用一千一百一十一個小兒的心肝，

煎湯服用。那些鵝籠裡的男孩，就是要做藥引子的。」

唐僧一聽，失聲痛哭：「昏君，怎麼枉傷這許多性命？」悟空忙說，他會先將鵝籠小兒救走藏起來，讓國王明天取不了心肝，唐僧這才放心。

當晚，眾人投宿旅店。大聖跳上半空，把城隍爺、土地神等眾神全叫了出來，說：「請諸位協助，把所有鵝籠小兒藏上一兩天。」於是眾神各顯神通，一時滿城陰風滾滾，慘霧漫漫。待風停霧散，鵝籠全沒了蹤跡。

第二天一早，唐僧進宮領取出關通行證，悟空變作小蟲子，落在唐僧的帽子上。唐僧來到金鑾殿，見國王果然面黃肌瘦，精神倦怠，兩眼昏花，將通行證看了又看，才蓋上寶印。

就在這時，忽報國丈到，國王掙扎著下了龍床，躬身迎接。唐僧忙側立一旁。只見進來一個老道，既不朝拜國王，也不和唐僧答禮，闊步高坐，目空一切。悟空在唐僧耳邊說：「師父，這國丈是妖怪，你先回去，老孫再打聽打聽。」唐僧於是告辭離去。

留下來的悟空又見來人稟奏：「陛下，昨夜一陣冷風，將城中鵝籠都刮走了。」國王聽了又驚又惱，國丈卻笑著說：「陛下不要煩惱。冷風雖刮去小兒，但剛才我見到一副絕妙的藥引子了。」

國王急問是什麼，國丈說：「剛才那是十世修行的和尚，如果用他的心肝煎湯，服我的仙藥，可保萬年之壽。」國王一聽就信，馬上派兵捉拿唐僧。

悟空聽得一清二楚，急忙飛回旅店，叫八戒和些泥來，將泥撲按在自己臉上，做了個猴臉模子，將模子貼在唐僧臉上，念動真言，吹口仙氣，把唐僧變成自己模樣。悟空自己搖身變成唐僧，與師父換衣穿上。

剛剛裝扮妥當，士兵已經把旅店包圍。只見一軍官走進客房，一把扯住假唐僧，拉進宮去。上了金鑾殿，假唐僧一聽國王說要自己的心肝，爽快答應，「嘩啦」一聲，持刀剖開肚皮，骨碌碌滾出一堆心來，嚇得滿朝文官失色，武將身麻。國丈說：「這是個多心的和尚。」

悟空現出本相，掄棒向國丈打去。國丈急揮蟠龍杖來迎，但終不敵金箍棒。

只見國丈虛晃一招，化道寒光，落入王宮後院，帶了進獻的美后，一眨眼不知去向。

國王這才恍然大悟，連忙請悟空除妖。悟空問那道士來自何方，國王回道：「柳林坡的清華莊。」悟空叫上八戒，駕雲直奔柳林坡，卻只見一條清溪與千萬株楊柳，不見人家。

悟空喚出土地神，得知一株九杈頭楊樹根下，就是妖道的清華莊。他倆找到後，照土地神囑咐，繞樹左三轉，右三轉，再雙手齊撲樹幹，連叫三聲「開門！」。只聽呼啦一聲，門開兩扇，面前石屏上有「清華仙府」四個大字。悟空跳過石屏，就看見那老怪與美后！悟空急步上前，舉棒高叫：「吃我一捧！」老怪掄起蟠龍拐杖迎接，後又化道寒光，往東敗走。

悟空和八戒哪肯放鬆，緊追不放。正當喊殺之際，忽聞南極壽星喊道：「大聖慢來，老道在此施禮了。他是我的一副腳力，想不到來此成妖害人。」語畢，即把寒光放出，喝道：「畜生！快現出本相，饒你死罪！」那怪打了個滾，原來是頭白鹿。白鹿伏身在地，口不能言，只是叩頭滴淚。

一身如玉簡斑斑，兩角參差七叉彎。
幾度饑時尋藥圃，有朝渴處飲雲潺。
年深學得飛騰法，日久修成變化顏。
今見主人呼喚處，現身抿耳伏塵寰。

那八戒入清華仙府，舉耙擊倒美后，原來是一隻白面狐狸。於是悟空和八戒提著狐尾，南極壽星牽著白鹿，一齊來到比丘國。

那國王又羞愧又感謝，向南極壽星討了三顆仙棗，吃下立刻大病痊癒。悟空正勸國王多行善事，只聽半空中一陣風響，路兩邊落下一千一百一十一個鵝籠，內有小兒哭啼。大聖謝了南極壽星與眾神，便叫城裡人家來領孩兒，一時間滿城歡聲笑語不絕。

第十章　奇遇老鼠精

唐僧四人再次上路，行走多時，來到一片黑松林。悟空去化齋，唐僧坐下歇息，忽聽有人連呼救命。唐僧循聲找去，只見一棵大樹上綁著一個女子。那女子說自己遇上強盜，被綁在這裡五天五夜了。

唐僧聽了，忙叫八戒從樹上解下女子。八戒正要動手，只見悟空從雲中落下，一把揪住八戒耳朵，撲通摔了他一跤。原來悟空在半空中，看見一股黑氣罩住祥光，知道不好，急忙趕了回來。但唐僧哪裡肯信，還是叫八戒解下女子，帶著她一起到鎮海禪林寺投宿。

誰知唐僧在寺裡病了三天，而且寺內連日不見了六個小和尚。這晚，悟空搖身變作小和尚，來到黑森森的殿內。午夜，來了一位美貌女子，一把抱住悟空。悟空把手一叉，腰一躬，跳起來現出本相，掄起金箍棒劈頭就打。

妖怪吃了驚，架起雙股劍，左遮右擋，後來抵擋不住，便將左腳上的繡花鞋脫下，吹口氣，叫聲「變！」，變成自己的模樣接著打，真身化成清風，把唐僧捲了去。結果悟空一棒把妖怪打落下來，卻是一隻繡花鞋。悟空知道中計，急忙來找師父，但哪裡還有！

天亮後，悟空帶著八戒、沙僧到黑松林內尋找師父，只見那：

雲藹藹，霧漫漫；石層層，路盤盤。
狐蹤兔跡交加走，虎豹豺狼往復鑽。
林內更無妖怪影，不知三藏在何端？

悟空心焦，劈裡啪啪啦打出山神和土地神，才得知那妖怪在陷空山無底洞內。三人騰雲駕霧趕去，沒多久便見一座大山阻擋雲腳。他們發現兩個女妖，於是遠遠地跟著女妖走進深山。

突然，兩個女妖不見了。只見陡崖前，有一座雕花的五彩牌樓，上面寫有「陷空山無底洞」六個大字，卻不見有門，倒發現塊大石頭，正中間有個缸口大的洞。悟空叫八戒、沙僧守住洞口，自己縱身一躍，跳入洞中。

只見洞內明明朗朗，和洞外一樣有陽光，有風聲，有花果樹木，還有一座門樓，周圍松竹圍繞，內有許多房舍。悟空搖身變作蒼蠅，飛了進去，見那女妖打扮得比以前更漂亮，正在吩咐小妖怪擺好筵席跟唐僧成親。悟空一聽，連忙再往裡飛，發現唐僧，便落在他頭上，叫聲：「師父！」

悟空要唐僧設法讓他進到妖怪肚子裡。唐僧於是藉口給妖怪斟酒，沖起酒花，悟空乘機變個小蟲子飛入酒花下。誰知那妖怪只顧和唐僧說話，再舉杯時酒花早沒了，露出小蟲子。妖怪用小指挑起，往下一彈。

悟空又想了一個計策，他再要唐僧摘自己變的桃子給妖怪吃。唐僧於是假裝散心，和妖怪進了果園，來到桃樹林。唐僧伸手摘果，捧給妖怪。妖怪樂滋滋地接過，誰知剛張嘴，還沒來得及咬，那桃子早已滾進她的嘴裡，翻入喉嚨，直落肚中。

妖怪有些害怕，悟空已在她的肚子裡說話了。妖怪嚇得魂飛魄散，忙向唐僧求饒。悟空怕師父心軟被哄，就變回原形，掄拳跳腳，快把她的肚皮給撐破了。那妖怪疼痛難忍，倒在地上大喊饒命。悟空在肚子裡叫道：「你得親自送我師父出洞，才肯饒命。」沒奈何，妖精只好背上唐僧，縱雲直上洞口。

沙僧見了問：「師父出來了，大師兄在哪裡？」唐僧指指妖怪的肚子。八戒笑著說：「髒死了，快出來吧！」妖怪忙把嘴張大。悟空怕她咬，便把金箍棒變成棗核，撐住她的上下齶，才縱身跳出口外，收了棒，現了原身，揮棒就打，八戒、沙僧也上前助戰。

那妖怪哪是他三人的對手，只見她又脫下右腳的繡花鞋，吹口氣變成自己模樣，與三人拼殺，真身化成清風，捲了唐僧和白馬、行李，逃進洞內。悟空發現上當，又跳進無底洞尋找，哪裡還有蹤跡！

悟空正煩惱時，忽聞一陣香煙撲鼻。隨煙而去，只見一張供桌上的牌位，上面寫著「尊父李天王之位」，還有一個牌位上寫著「尊兄哪吒三太子之位」。悟空見了，忙拿著兩個牌位，縱身駕祥雲直奔天宮。

托塔天王一聽大怒：「我只有三兒一女：大兒金吒，侍奉如來；二兒木吒，做南海觀音菩薩的徒弟；三兒哪吒，形影不離我左右；小女貞英，年方七歲，世事不懂，怎麼會做妖怪？」說著，就命人拿縛妖繩來，把悟空捆了。

這時哪吒忽然想起什麼，忙上前攔住說：「父王息怒。父王是有個女兒在下界。她本是老鼠精，三百年前在靈山偷吃如來的香花寶燭，被我父子拿住。只因如來吩咐，『積水養魚終不釣，深山餵鹿望長生』，饒了她的性命，她因此拜父王為義父，拜孩兒為義兄。想不到她如今成精，要害唐僧。」托塔天王聽了驚呼道：「這件事我真的忘了。」

托塔天王省悟，親手替悟空解了縛，施禮求得大聖赦罪。於是點起本部天兵，來到無底洞，一齊擁上，一個個哪裏去躲？取出縛妖繩，把那些妖精都捆了，救出唐僧！

★

★

★

離了無底洞，唐僧師徒繼續向西走，路旁柳蔭中忽然閃出一位老媽媽，右手攙著一個小孩兒，對唐僧師徒高叫：「西去五、六里，就是滅法國。那國王兩年前許下羅天大願，要殺一萬個和尚。這兩年陸陸續續殺了九千九百九十六個和尚，只等四個有名的和尚，湊成一萬，好做圓滿。」

唐僧一聽，心中害怕，戰戰兢兢地問：「老媽媽，請問可有不進城的方便路，貧僧好繞過去？」老媽媽笑著說：「繞不過去，除了會飛。」悟空一睜火眼金睛，認出是觀音菩薩和善財童子，忙倒身下拜。觀音菩薩語畢，一朵祥雲輕輕駕起，徑回南海去了。

「師父，你等著，待老孫去打探一下！」

好大聖，將身一縱，跳在空中，往下觀看。只見城中喜氣洋洋，祥光蕩漾。

「好個去處！為何滅法？」悟空一面想著，一面搖身變作一隻撲燈蛾，翩翩飛到城隅拐角上的一家客店，伸頭往裡一看，只見八、九個客人脫了衣服，摘了頭巾。悟空心想：「師父過得去了。」便偷出衣服、頭巾，駕雲回去。

唐僧師徒換上俗人的衣服，戴上頭巾。悟空說：「從現在起，師父叫唐大官，八戒叫朱三官，沙僧叫沙四官，我叫孫二官。到城裡住店，如果有人問我們是幹什麼的，就說是販馬的。」

四人匆匆牽馬挑擔，進城住店。店家老闆五十七、八歲，姓趙，是個寡婦。她打聽了四人的姓名、來歷，說好了房錢，忙要殺雞宰鵝，做餅擺酒。唐僧急得直拉悟空的衣擺，悟空會意，說：「莫宰！莫宰！我們今日齋戒，取些木耳、嫩筍、豆腐，園裡拔些青菜，再煮鍋白米飯，燒壺香茶就行了。」

稍後，四人準備就寢。唐僧怕萬一睡得很死，落了帽子，露出光頭，被人發現，悟空就對趙寡婦說：「媽媽能否給我們找個暗處睡覺？」趙寡婦想了想，說：「我家別無黑處，只有一個大櫃，裡面可睡六、七個人。客官睡在這大櫃裡行嗎？」悟空說：「好，好，好！我們就睡這櫃子裡。」

唐僧師徒四人在大櫃裡睡下。沒想到天氣炎熱，大櫃裡又密不透風，四人於是揭了頭巾，脫了衣服，你挨著我，我挨著你，折騰許多，好不容易才迷迷糊糊睡著。

但悟空有心闖禍，偏他睡不著，伸手在八戒腿上一掐，故意說：「我們原來的本錢是五千兩，前面賣馬得三千兩，如今兩包袱裡有四千兩，這一群馬再賣他三千兩，這一來……」八戒一心想睡，哪裡能答對。

豈知趙寡婦店裡跑堂的、挑水的、燒火的，與強盜一夥。聽悟空說有許多銀子，就叫來二十多個賊，明火執杖，衝進門來打劫偷馬。眾賊直奔大櫃，拴好繩，抬起就走，一路搖晃。八戒醒了，問：「哥啊，搖什麼？」悟空說：「別說話，沒有搖。」

唐僧和沙僧這時也醒了，說：「是什麼人抬著我們哩！」悟空忙說：「別嚷，別嚷，讓他抬！如果抬到西天，也省得我們走路。」

但眾賊人得了手，不往西去，倒奔向城東。他們殺了守門的兵，打開城門出去。當時就驚動了官府，總兵馬上領兵捉賊。眾賊人一看不妙，慌忙放下大櫃，丟了白馬，各自逃走。眾官兵一個強盜也沒抓住，只是奪下大櫃，捉住馬，送到總兵府，準備天亮啟奏國王。

三更時分，悟空變出一個三尖頭的鑽子，把櫃子鑽個眼兒，自己變成一隻螞蟻爬了出去，然後現原形，直入滅法國王宮。就見那國王睡得正濃，悟空從左臂上拔下一把毫毛，吹口仙氣，變成小悟空，又從右臂拔下一把毫毛，吹口仙氣，變成瞌睡蟲。

他讓瞌睡蟲飛到王宮內外所有人的枕邊，使他們沉睡不醒，然後變出千百把剃頭刀子，吩咐眾小悟空各拿一把，去王宮內院、五府六部各衙門剃頭。待全部剃完，悟空將毫毛收回，又變成螞蟻鑽入大櫃內。

卻說那王宮內院，宮娥彩女天不亮起來梳洗，一個個沒了頭髮，連宮中的大小太監也成了光頭。那王后醒來，摸不著頭髮，忙移燈照向龍床，見錦被窩中，睡了一個和尚！王后驚叫出聲，國王急睜眼，見王后頭皮光光，連忙爬起來喝問：「你怎麼會這樣？」王后說：「主公也是如此！」

國王伸手一摸，嚇得魂飛魄散。國王心想，一定是自己殺和尚造的孽，立即下令：從此以後再不許殺和尚了。正說著，有人進來稟報：「昨夜巡城，獲得賊贓一櫃一馬。請旨定奪。」

大櫃被抬上朝，唐僧嚇得魂不附體。悟空連忙安慰說：「不必害怕，開櫃後國王不但不敢殺咱們，還得拜咱們為師哩！」大櫃剛一打開，八戒就忍不住往外一跳，接著悟空扶出唐僧，沙和尚搬出行李。八戒「咄」的一聲，從總兵手中奪過白馬，嚇得眾官員連連後退。

國王見是四個和尚，忙下龍床拜問：「長老何來？」唐僧說：「東土大唐差往西方取真經的。」又如此這般，把昨晚的經歷講說一遍。

國王說：「長老是天朝上國高僧，朕有失遠迎。因為僧人誹謗，朕許天願，要殺一萬個和尚。沒想到昨夜叫朕為僧了，如今君臣后妃頭髮都被剃光了，望長老收我們為徒。」

八戒戒聽了呵呵大笑：「既要拜師，有什麼見面禮？」國王說：「願將國中財寶獻出。」悟空說：「莫說財寶。我和尚是有道之僧，你只給我們出關通行證，送我們出城，保你王位永固。」

國王大喜，大擺筵席，改國名「欽法國」。然後尊請唐僧坐上王室車駕，滿朝君臣后妃，一起送唐僧師徒出城西去。

第十一章　靈山取真經

唐僧師徒歡歡喜喜地上了路，一路鬥妖除怪，歷經千難萬險。這天，一行人來到舍衛國百腳山上的布金禪寺。四人才進佛寺大門，就見兩邊停著許多騾馬車擔，擠滿了商人，很是奇怪。

一打聽，原來這山下有座雞鳴關，因蜈蚣成精，攔路傷人，他們只敢在清晨雞鳴後，才結伴過山。於是師徒也在寺裡借宿一晚。吃完晚飯，唐僧和悟空在後園散步，只見一位老僧手持竹杖，走上前給兩人下拜。

問明原因：原來，去年的今天，老僧忽聽一陣風響，就見一個美貌端莊的女子在後園哭泣。她說自己是天竺國公主，因月下觀花，被風刮到此處。老僧慈悲為懷，不想有人傷她性命，就將她安置在後園一間空房裡，每日供她兩頓粗茶淡飯。老僧曾幾番進都城打聽，都說國王沒有丟失公主。唐僧和悟空聽罷，

將老僧一席話，切記在心。

第二天，師徒四人過了百腳山，來到天竺國都城。他們先在旅店歇腳，用過齋飯後，悟空陪唐僧進宮取得出關通行證。兩人走到十字街頭，只見彩樓高搭，人潮洶湧，原來是公主招附馬。悟空拉唐僧去看熱鬧，擠近樓下。那公主一轉眼看見唐僧，將繡毬取過來，親手拋在他頭上。唐僧吃了一驚，雙手忙扶住那球。只聽樓上齊聲叫喊：「打著和尚了！」

樓上彩女、宮娥和太監飛奔下來，對唐僧磕頭賀喜：「貴人！請進宮！」唐僧回頭埋怨悟空說：「你這猴頭，又來捉弄我！」悟空笑著說：「師父放心！你先進宮，公主如要你當女婿，你就請國王召徒弟進宮，說要吩咐事情，讓我去辨辨公主的真假。」唐僧無奈，只得進宮，悟空轉身回了旅店。

那國王聽說繡球打著和尚，心裡很不高興，但公主卻說是天賜良緣，不敢更改。唐僧急壞了，直叫：「不妥！不妥！」國王大怒，命侍衛把唐僧推出去斬了！唐僧一聽，嚇得魂不附體，只好戰戰兢兢叩頭啟奏：「謝陛下恩典。只是貧僧有三個徒兒在外，不曾吩咐一聲，望陛下召他們到此，取得出關通行證，好讓他們早去西天取經。」國王准奏，三人被喚進宮。

晚上，唐僧見左右無人，又責怪悟空。悟空賠笑說：「師父莫急。我看那國王，面色晦暗，只是沒有見到公主，還不知真假。婚禮之時，公主必定出來參拜父母，等俺老孫在旁觀看。如果是真公主，我們一齊大鬧王宮，領你走。」唐僧這才放心。

良辰吉時終於到了，悟空正要看個究竟，誰知那公主嬌滴滴地啟奏父王：「聽說唐僧的三個徒弟生得十分醜惡，小女不敢見他們，望父王早些打發他們出城。」國王准奏。他讓唐僧留下成婚，給了悟空三人出關通行證，並送上黃金十錠、白金二十錠當作盤纏，送他們上路。

悟空拔一根毫毛，吹口仙氣，變作自身模樣，和八戒、沙僧出宮去。真身則變成一隻蜜蜂，假公主正要和唐僧拜天地，只見悟空大喝一聲現了本相：「好孽畜！在這裡弄假成真，享盡榮華富貴也就罷了，還要騙我師父！」那妖怪見事情不好，取出一條短棍，急轉身亂打悟空。

悟空舉棒劈面相迎。兩人吆吆喝喝，打鬥了半日，不分勝負。於是悟空把棒丟起，叫聲「變！」，眨眼以一變十，以十變百，以百變千，半空中好似蛇遊蟒攪，亂打妖邪。

妖怪慌了手腳，向南敗走，在一座大山前不見了身影。悟空找到山頂，見一兔穴，悟空使金箍棒撬開洞門石塊，妖怪「呼」的一聲跳出，悟空正要狠下殺手，太陰星君降彩雲來到面前，對悟空說：「與你對敵的妖邪，是廣寒宮的玉兔。那天竺國的公主，原是廣寒宮中的素娥仙子，十八年前曾打了玉兔一巴掌，就思凡下界，投胎在王后腹中。這玉兔記了一掌之仇，才拋素娥於荒野中，再變形成公主。」

悟空明白了假公主的底細，來到國王面前，讓玉兔現了原形。然後悟空又將真公主接回宮中，一家團聚。

★ ★ ★

唐僧師徒辭別天竺國君民，又走了六、七天，忽見一帶高樓，祥雲環繞。一個道童斜倚在門前，悟空定睛一看，說：「師父，他是靈山腳下玉真觀的金頂大仙。」唐僧連忙施禮。

大仙笑著說：「聖僧今天才到，我在此已迎候好幾年了。」大仙指著靈山又說：「聖僧，你看那半空中有五色祥光、千重瑞氣的，就是佛祖聖地。你和大聖、天蓬、捲簾四位已到福地，望見靈山，我回去了。」說完拜辭去了。

四人走了五、六里，忽見一道污水，滾浪飛流，約有八、九里寬闊，既沒有人，也不見船。不過，水面上有一根獨木橫架，讓人看了不免心驚肉跳。橋邊有一碑，碑上有「淩雲渡」三個大字。

悟空跳上獨木橋，搖搖擺擺，跑了過去，在那邊招呼說：「過來！過來！」

唐僧搖手，八戒、沙僧也嚇得說：「難！難！難！」悟空忽見河中有人撐船過來，叫道：「上船渡河。」唐僧大喜，招呼徒弟上船。

船到岸邊，唐僧師徒發現是艘無底船，害怕不敢上船。悟空火眼金睛，認出撐船的是接引佛。接引佛說：「船雖然沒有底，古往今來都能普渡眾生。」

唐僧還在懷疑，悟空趁他不注意，把他往船上一推。唐僧站不穩，跌進水裡，接引佛一把將他拉到船上。唐僧邊抖衣服邊埋怨悟空。這時，悟空已經把八戒、沙僧和白馬都拉到船上了。

接引佛輕輕撐開船，只見上流漂下一個死屍，唐僧見了大驚。悟空笑著說：「師父別怕，那個是原來的你。」不一會兒，唐僧一行穩穩當當地過了河。

唐僧師徒上岸回頭，卻發現船和撐船人都不見了。唐僧這才省悟，回身謝了三個徒弟。悟空說：「兩不相謝，彼此扶持。我們多虧師父解救，喜成正果；師父也賴我們保護，已經脫了凡胎。」

於是四人身輕體健，繼續向前，不久就登上靈山，來到大雷音寺。唐僧啟奏如來佛祖：「弟子玄奘，奉東土大唐皇帝旨意，遠上寶山，拜求真經，以濟眾生。望我佛垂恩，早賜回國。」

如來佛祖讓阿儺、伽葉領他們進了藏經寶閣，二尊者問唐僧有沒有帶來禮物，唐僧為難地回答：「弟子玄奘，來路遙遠，不曾備得。」悟空見他們語氣扭捏，不肯傳經，急嚷著要找如來佛祖，二尊者才拿出經書。唐僧師徒連忙捆了兩擔，拜謝了如來佛祖，下山去了。

唐僧師徒忙著趕路，忽見香風滾滾，半空中伸下一隻手來，輕輕搶去馬背上的經書，撒了一地。悟空、八戒、沙僧趕緊去拾，打開一看，都是沒有字的白本子。

唐僧師徒於是回轉靈山，找如來佛祖索要有字真經。如來佛祖笑道：「經不可輕傳，不可空取。你如今空手來取，是以傳了白本，是無字真經，只是你們東土的人看不懂罷了。」唐僧無奈，獻上紫金缽盂，方換取五千零四十八卷有字真經。

送走了唐僧，一旁閃出觀音菩薩，合掌啟奏如來佛祖：「弟子當年奉旨去東土尋取經人，今已成功，共計一十四年，即五千零四十天，離所傳經數還差八天。可差金剛神在八天之內送去大唐，把真經傳留，再引聖僧西回。」

佛祖准奏。那觀音菩薩又急傳聲道：「佛門中九九歸真，聖僧只受了八十難，還少一難。」忙命揭諦神趕上金剛，再生一難。

四大金剛得令，「刷」地把風按下，將四人連馬並經書落下地，正落在通天河西岸。只見上次馱四人過河的大白黿浮水過來，高叫：「師父，我等你好幾年了，到現在才回來！」大家歡喜不盡。等大家站穩後，老黿蹬開四足，穩穩地游向東岸。

快到岸邊時，老黿忽然問：「師父，上次我託你到西天見如來佛祖，問我還有多少年壽之事，不知問了沒有？」唐僧一時無話可答，原來他步上靈山，一心求取真經，忘了問老黿的年壽。老黿生氣了，往下一沉，四人連馬並經書，都落到水中。

所幸白馬是龍，八戒、沙僧會水，悟空神通廣大。三個徒弟慌忙把唐僧扶

出水面，又手忙腳亂地打撈經書和行李。可惜經書全濕了，師徒正在整理，忽然一陣狂風，天色昏暗，電閃雷鳴，飛沙走石。原來是陰魔作祟，欲奪經書。吵鬧了一夜，天亮時才風停雷止。

早上太陽高照，大家把經書移到高崖上晾曬，又將衣服、鞋子都曬在崖旁，然後立的立，坐的坐。這時幾個打魚人來到河邊，看見唐僧師徒，認了出來。原來，他們是陳家莊人。唐僧師徒當年在陳家莊借宿，救了陳澄、陳清兄弟的女兒和兒子。很快，陳氏兄弟和全莊的男女老少聞訊趕來，把唐僧師徒接到陳家莊。這家請，那家邀，熱鬧了一天。

半夜，四大金剛來接，唐僧師徒又乘上香風，駕雲向東飛去。第二天來到大唐都城上空。金剛說：「聖僧，觀音菩薩交代八天返回，現在還有四天，你們快去快回，不要延誤了。」金剛為了不現金身，留在空中，唐僧師徒按落雲頭，降在長安城。

太宗聽說唐僧取經回來，親自把唐僧師徒迎進金鑾殿，擺龍宴慶賀。第二天唐僧隨太宗到雁塔寺，正要誦讀佛經，只見四大金剛在空中喊道：「聖僧！時間到了，快跟我們回西天去！」應聲就見唐僧師徒四人連馬五口，平地而起，香雲繚繞，往西去了。

返上靈山，如來把唐僧師徒叫到座前封職，各歸佛位，超脫凡塵。封職後，唐僧師徒個個歡天喜地，叩頭謝恩。白馬也被帶到靈山化龍池，入池後，立刻化成一條金龍飛了出來，盤繞在大殿柱子上。

悟空對唐僧說：「師父，如今我已成佛，難道還戴緊箍？趁早念個鬆箍咒，脫下來，打得粉碎，莫叫那什麼菩薩再去捉弄人。」唐僧說：「當時因為你難管，才用緊箍兒約束你。今已成佛，自然沒了。你摸摸看！」悟空抬手一摸，果然沒了，高興得直翻跟斗。

聖僧努力取經編，西宇周流十四年。
苦歷程途遭患難，多經山水受迍邅。
功完八九還加九，行滿三千及大千。
大覺妙文回上國，至今東土永留傳。

跨時空，探索無限的未來

騎上鵝背或者跳下火山，長耳兔、青鳥或者小鹿
百年來流傳全世界，這些故事啟蒙了爸爸媽媽、阿公阿嬤。
從不同的角度窺見世界，透過閱讀環遊世界！

【影響孩子一生的世界名著】

最適合現代孩子的編排，耳熟能詳的經典故事
呈現嶄新面貌，啟迪閱讀的興味與趣味！

★小戰馬

動物小說之父西頓的作品，在險象環生的人類世界，動物們的頑強、聰明和忠誠，充滿了生命的智慧與尊嚴。

★騎鵝旅行記

首位諾貝爾文學獎女作家寫給孩子的童話，調皮少年騎著白鵝飛上天，在旅途中展現勇氣、學會體貼與善待動物。

★好兵帥克

最能表彰捷克民族精神的鉅著，直白、大喇喇的退伍士兵帥克，看他如何以戲謔的態度，面對社會中的不公與苦難。

★祕密花園

有錢卻不擁有「愛」。真情付出、愛己及人，撫癒自己和友伴的動人歷程。看狄肯如何用魔力讓草木和人都重獲新生！

★小鹿斑比

聰明、善良、充滿好奇的斑比，看他如何在獵人四伏的森林中學習生存法則與獨立，蛻變為沉穩強壯的鹿王。

★青鳥

1911年諾貝爾文學獎，小兄妹為了幫助生病女孩而踏上尋找青鳥之旅，以無私的心幫助他人，這就是幸福的真諦。

★頑童歷險記

哈克終於逃離大人的控制和一板一眼的課程，他以為從此逍遙自在，沒想到外面的世界，竟然有更多的難關！

★森林報

跟著報導文學環遊四季，成為森林知識家！如詩如畫的童趣筆調，保證滿足對自然、野生動物的好奇。

★地心遊記

地質教授李登布洛克與姪子阿克塞從古書中發現進入地底之秘！嚮導漢斯帶領展開驚心動魄的地心探索真相冒險旅行！

★史記故事

認識中國歷史必讀！一探歷史上具影響力及代表性的人物的所言所行，儘管哲人日已遠，典型仍在夙昔。

影響孩子一生的奇幻名著

想像力，帶孩子飛天遁地

灑上小精靈的金粉飛向天空，從兔子洞掉進燦爛的地底世界……
奇幻世界遼闊無比，想像力延展沒有極限，只等著孩子來發掘！
透過想像力的滋潤與澆灌，讓創造力成長茁壯！

【影響孩子一生的奇幻名著】
精選了重量級文學大師的奇幻代表作，
每本都值得一讀再讀！

★西遊記

蜘蛛精、牛魔王等神通廣大的妖怪，會讓唐僧師徒遭遇怎樣的麻煩，現在就出發前往這趟取經之路。

★小王子

小王子離開家鄉，到各個奇特的星球展開星際冒險，認識各式各樣的人，和他一起出發吧！

★大人國和小人國

想知道格列佛漂流到奇幻國度，幫小人國攻打敵國，在大人國備受王后寵愛，以及哪些不尋常的遭遇嗎？

★快樂王子

愛人無私的快樂王子，結識熱情的小燕子，取下他雕像上的寶石與金箔，將愛一點一滴澆灌整座城市。

★愛麗絲夢遊奇境

瘋狂的帽匠和三月兔，暴躁的紅心王后！跟著愛麗絲一起踏上充滿奇人異事的奇妙旅程！

★柳林風聲

一起進入柳林，看愛炫耀的蛤蟆、聰明的鼴鼠、熱情的河鼠、和富正義感的獾，猶如人類情誼的動物故事。

★叢林奇譚

隨著狼群養大的男孩，與蟒蛇、黑豹、黑熊交朋友，和動物們一起在原始叢林中一起冒險。

★彼得・潘

彼得・潘帶你一塊兒飛到「夢幻島」，一座存在夢境中住著小精靈、人魚、海盜的綺麗島嶼。

★一千零一夜

坐上飛翔的烏木馬，讓威力巨大的神燈，帶你翱遊天空、陸地、海洋神幻莫測的異族國度。

★杜立德醫生歷險記

看能與動物說話的杜立德醫生，在聰慧的鸚鵡、穩重的猴子等動物的幫助下，如何度過重重難關。

影響孩子一生名著系列 11

西遊記

飛天遁地 72 變，齊天大聖孫悟空　　ISBN 978-986-95844-4-9 / 書 號：CCK011

作　　者：吳承恩
主　　編：陳玉娥
責　　編：顏嘉成、黃馨幼
插　　畫：林佾勳
美術設計：蔡雅捷、鄭婉婷

出版發行：目川文化數位股份有限公司
總 經 理：陳世芳
行銷企劃：朱維瑛、許庭瑋、陳睿哲
法律顧問：元大法律事務所 黃俊雄律師
台北地址：臺北市大同區太原路 11-1 號 3 樓
桃園地址：桃園市中壢區文發路 365 號 13 樓
電　　話：(02) 2555-1367
傳　　真：(02) 2555-1461
電子信箱：service@kidsworld123.com
劃撥帳號：50066538

國家圖書館出版品預行編目 (CIP) 資料

西遊記 / 吳承恩作．-- 初版．--
臺北市：目川文化，民 107.06
面；　公分．--（影響孩子一生的奇幻名著）
ISBN 978-986-95844-4-9（平裝）

857.47　　107008321

網路書店：www.kidsbook.kidsworld123.com
網路商店：www.kidsworld123.com
粉 絲 頁：FB「悅讀森林的故事花園」

印刷製版：長榮彩色印刷有限公司
總 經 銷：聯合發行股份有限公司
地址：新北市新店區寶橋路 235 巷 6 弄 6 號 4 樓
電話：(02) 2917-8022
出版日期：2018 年 6 月（初版）
定　　價：280 元

建議閱讀方式

型式	圖圖圖	圖圖文	圖文文		文文文
圖文比例	無字書	圖畫書	圖文等量	以文為主、少量圖畫為輔	純文字
學習重點	培養興趣	態度與習慣養成	建立閱讀能力	從閱讀中學習新知	從閱讀中學習新知
閱讀方式	親子共讀	親子共讀 引導閱讀	親子共讀 引導閱讀 學習自己讀	學習自己讀 獨立閱讀	獨立閱讀